明
室
Lucida

照亮阅读的人

LAS BATALLAS

EN EL DESIERTO

沙漠中的
战　斗

何塞·埃米利奥·帕切科短篇小说集

JOSÉ EMILIO PACHECO

[墨] 何塞·埃米利奥·帕切科 著　侯健 译

北京联合出版公司
Beijing United Publishing Co.,Ltd.

目 录

暗中之物　　　　　　　　　　1

八月的那个下午　　　　　　　21

低洼的公园　　　　　　　　　29

快乐法则　　　　　　　　　　43

冥河　　　　　　　　　　　107

你是不会明白的　　　　　　113

女囚　　　　　　　　　　　123

沙漠中的战斗　　　　　　　133

耶利哥城　　　　　　　　　199

远风　　　　　　　　　　　203

译后记　　　　　　　　　　209

暗中之物

第一幕

之前的租客应该是匆匆离开的。我们发现了一部线路全都被拔出来的电话机,一件摊开的衣服,杂乱摆放的家具,信件,私人文件和已经发了霉、只吃了一半的饭菜。尽管我们没找到猫或狗的痕迹,可是在后院里却有个木棚子。

在我们重新整理完房子后,一切都焕然一新了。我们只是将一把椅子往左摆了摆,屋里的其中一个房间给人的感觉就大不一样了。我们急着搬家,由于附近建的工厂越来越多,找到合适的住处越来越难了,所以我们一签完合同就催促房东把钥匙给我们,压根儿就没打听这片住宅区和以前的租客的情况。不过很显然,他们并没有考虑到为后面的租客提供便利。把房子弄成那副样子还不清理干净是十分不负责任的表现，不过也可能他们是匆忙离开的。

"他们大概还想着回来。"埃斯特尔说道。

"我不这么想。咱们租了这房子一年，算是长租了。"

"咱们去问问邻居算了。"

"咱们才刚来。冒失前往大概会招来闲言碎语。"

"交给我吧，我会找个合适的机会，不会太突兀……哎，咱们何不读读这些本子或信件呢？"

"我觉得不太好。难道你希望让别人读你的东西吗？"

"当然不想，但是我控制不住自己的好奇心嘛。"

"我也控制不住。"

我去把那些纸取了过来，然后我们把上面的内容大声地读了出来。都是些家庭信件、工作信件、剪报、照片以及其他对像我们这样的陌生人而言毫无意义的东西。

"我想不明白他们为什么会把这些东西留下

来，"埃斯特尔说道，"没人愿意让别人看到这么私密的东西吧。"

"我总觉得他们不是自愿离开的，是某人或某物迫使他们离开的，连回头看一眼的时间都没给他们留。"

"会是什么呢？"

"咱们早晚会搞清楚的。"

凌晨五点钟我就起床了，我稍微拉开了点窗帘，望了望对面的一排房子。路灯已经都被关掉了。街道笼罩在金属质感的月光中，一切都变得不真实了起来。那种寂静让我感觉有些害怕。没有任何移动的东西，没有风，没有阴影，连片树叶都看不到。在这个青紫色的世界里，我仿佛是唯一的闯入者，是居住于其中的唯一有血有肉的生物。

我不想叫醒埃斯特尔。如果那晚我们能谈一谈的话，也许我俩本是可以获救的。我成长的环境教育我要做一个勇敢的人，而我也确实善于面对挑战。不过，那时的感觉是另一回事，我只在之前体验过一次那种感觉，那还是在战争期间，我们穿越了一个遭受轰炸后的村子,所有的村民都死了。

我一整天都是在工厂里度过的。我感觉还不赖。无论如何我都是个专家,对他们是有用的。回到家后,我发现埃斯特尔表现得十分不安。我们泛泛地聊了一会儿,她拒绝告诉我发生了什么事情。回到卧室后我打开了电视机。我们不想看拳击比赛——我一直都很厌恶那种东西——后来选了一部老电影来看。电影里的夫妻最后住进了一栋闹鬼的英国别墅,连带他们参观新家的女人也是鬼。

我想拿我们看的那部电影开开玩笑,但埃斯特尔却留意到那些玩笑只不过透露了我的恐惧。她对我说:"关掉电视吧。"服从这个命令就意味着承认我十分害怕。于是我对她说我对那部电影很感兴趣,我想把它看完。"随你便。"她回了这么一句,然后就钻进被窝里了。

我试着读与我的专业相关的书,可脑子里想的都是那部电影里的故事。电影是以那个妻子的尖叫声结束的,因为她发现自己的丈夫也是鬼。

我睡了,很晚才醒来,差点迟到。

吃完晚饭后,我正帮忙收拾盘子时,埃斯特尔突然对我说:

"咱们得离开这儿。"

"这不可能。咱们才刚来。应该好好适应才对。我在别的地方可找不到这么好的工作。"

"我不喜欢这个地方。我自己在家的时候总觉得害怕。"

"你得学会适应。最开始的几天总是最难熬的。"

"这里的一切都让我感到奇怪。整个社区的氛围,被丢弃的物件,还有这里的人……"

"你跟什么人聊过了吗?"

"我和商店里的那位太太说了几句话……她建议我说,'你们最好还是离开这里'。"

"为什么呢?"

"她没解释原因。她觉得咱们对此心知肚明。"

"怎么说呢,咱们来之前就设想过会遇到的困难。现在咱们唯一能做的就是不要杞人忧天,一切顺其自然就好。"

我们度过了平静的一个月。埃斯特尔慢慢适应了这里的环境，这份工作让我很满意，只不过街坊邻里的烟火气不是很足。有时候我们在社区里散步，虽说不会过度靠近别人家，但是也能发现几乎所有的房子里面都十分昏暗，只有电视机闪烁着细微的光亮。有时会发现有人偷偷拉开窗帘窥视我们。这就是那一个月生活的全部内容了。

某个周六的晚上，我正准备刷牙，突然听到一声猫叫，但同时又像是别的动物的吼叫。我心里想道："上一任租客养的猫回来了。"我的第一反应是给它打开门。不过我犹豫了：埃斯特尔肯定会很喜欢那只猫，她不会允许我再把它送走的。之前那些人给我们留下的最后一个"意外大礼"就在门外。我当时想，那只猫肯定会离开的。埃斯特尔也听到了那种混杂的叫声，她请求道："让它进来吧。"

"不行，它进来就不会走了。"

"明早咱们再把它扔掉。"

"如果被邻居看到的话，他们会到警察局指控你虐待动物的。"

"那就让他们看到咱们把它留在今晚这样酷寒的室外吗？如果这样的话，他们对我们的态度就不会仅仅是冷漠了，他们会敌视我们。"

"外面风很大。我觉得他们肯定听不到它喵喵叫的声音。"

"什么喵喵叫？外面明明是条狗啊。你没听到它在哼唧吗？咱们去给它喂点水和食物吧。之后可以用车把它载到远处，到工厂附近再把它扔掉。"

"不行，不行，它会自己回来的，就像现在这样……对不起，不过我是不会给它开门的。"

"好吧，随你便。时候不早了，睡觉吧。"

我闭上了眼睛，想说服自己这一切都只是个梦。狗叫/猫叫声还在继续，急切而坚定。埃斯特尔有些烦躁，把头埋进了被子里。我们就这样默默忍受了差不多一个小时的时间，其间没人说话，谁都不想打破这种默契。不过，那只动物却始终在提醒着我们它的存在，不断强调它进房子来的权利。

我听到那种叫声从窗子的位置传了过来。要是只灵活的猫的话，是可能会跳上来寻找窗子的；

是狗的话就不行。那只动物成了一种让我着魔的念头。我很害怕，不想接受这种局面。我闭上了眼睛，就在那时我听到了埃斯特尔的喊声：

"它进来了！它在床下面。我碰到它了！"

我一下子跳下了床，打开灯。我们找遍整个房间都没发现那只动物的影子。气氛恢复平静。我望向埃斯特尔，露出了胜利的表情，可与此同时，猫叫/狗叫声又响了起来。我们跑到走廊上，当看到窗户边那只弓着身子站立着的、长着猫脑袋的狗—狼的身影时，我们吓得发起抖来。埃斯特尔死死地抓着我，我们惊得寒毛直竖。所有的灯突然都熄灭了。

接下来，我试图在无尽的黑暗中驱赶那只已经不能算是动物的生物。空气中弥漫着死亡和墓穴的气息，我们每走一步，似乎就会沾上一些腐烂的潮气。它的爪子踩在楼梯上，发出像是踩过泥后的沉闷响声，而从大门跑出去后，它又回过头来盯着我们看。它的眼神明暗交替、充满恨意。阴暗的风吹了进来，钻进我们的身体，似乎是在把这栋房子推向黑暗。

第二幕

房 子

和这条街上的其他四十栋房子一样,这栋房子的地基所用的脆弱材料是在几个小时内就被焊接好了的,房子的建造意图不明,但显然不是给人长期居住的。它的特点是开放、外露、透光性好,至少从视觉的效果来看十分贴近自然。事实上,由于透光性太好,邻居或路人随时都可以观察房子里发生的事情。

太阳在山峰的最高处闪耀着光辉,却照不进这片松树林。在这里,安装百叶窗被认为是失礼之举。我们一整年都在怀念晒到阳光的日子,就像在进行太阳崇拜一样，也有点像某种部落仪式，那种仪式是用来在夏天的某些日子或是某几个难以预料的小时中记录季节更替的。

内 部

人踩到柔软的地毯上不会发出什么声音，这给这栋房子增添了一些安全感，也使它更私密化了，这种私密性中还蕴含着某种阶级和权力的概念，至少这里比那些铺满马赛克瓷砖或被虫蛀透的木板房子层次更高。客厅里有电暖气，免去了往火炉里扔柴火的麻烦，当然，关于某些生物在火焰中煅烧成灰，然后又浴火重生的传说也就没有了。

后 院

一大群麻雀从树上飞下来找面包屑和剩饭残渣。它们之间有时还会爆发激烈的争斗。乌鸦偶尔会落下来，把麻雀窝里装不下的树枝叼走。面对这些敌人，麻雀们只能顺从地围成一圈。一只乌鸦就足以威胁到所有那些缠斗在一起试图抢夺食物的麻雀。此时，麻雀通常只得飞到最高的树枝上。乌鸦唯一害怕的就是狗，那些狗吃厌了罐头狗粮，纷纷跑去垃圾堆里翻找骨头。甚至连那些体型最小、外表最无害的狗都已经从猫那里学到了捕捉麻雀的身法。不过，就连它们也不会因为饥饿而去杀害别的动物：撕咬只是一种本能，一旦这种本能得到满足，它们就会把对手的尸体丢弃在草丛中。狗在遥远的时代里也曾是凶猛的野兽，现在它们为了得到安全的生活，只能以顺从和忍受屈辱作为交换条件。这里从来就没有流浪狗。如果没有人家愿意领养那些狗，社区就会负责把它们清除掉。我们都不愿意让身边的动物染上野性或狂犬病。我们会把最优秀的动物养在极好的环境中，让它们进行交配。至于其他动物，则会在出生之后没多久就被我们挑出来处理掉。人们纷纷来到我们这里寻找大城市中已经消失的宁静。我们这里不接受丑闻，也不接受暴行。

居民

我们还没面对面见过他们。我们这儿的人很少和别人交流。我们仅限于打打招呼，同时还竭力避免在街上与其他人相遇。他们经过我们家窗前时我们观察了一下，男人大概三十五岁左右，女人应该在二十七岁上下。男人在附近的一家工厂上班，然而不是在我们大多数人所在的那家大型武器制造厂。女人整天待在家里（她是在暗中策划什么针对我们的行动吗？）。他们还是唯一没有安装电视天线的人家。也许他们有一个微型信号接收器，或是真的仅靠听那些吵闹的音乐就心满意足了。他们听音乐时总会把音量调得很小，我们猜测他们是不想让我们感到不快。通常来说，新邻居和我们的最大区别就是他们很粗俗、不讲真话、善猜疑，不过因为我们彼此瞧不上眼，而且有时候又因为客套的缘故需要伪装一下，所以那些问题也就得到了缓解。所有新来的人都会送见面礼：蛋糕、特色菜品、儿童玩具、威士忌。可他们没送——从他们入住开始就没送任何东西过来。而且他们不仅没有上门恳求我们的原谅,反而变本加厉地冒犯我们。贪婪的房屋中介又一次送来了我们不喜欢的人。不过,没有哪种冒犯是不用付出代价的。

诱因

最让我们骄傲的就是社区园林。我们密切关注着院子里植物的生长情况,有时候我们会取它们的根茎来吃,不过我们也会及时更换最新款的机械修枝器来打理它们。修剪枝叶对我们而言是种极大的乐趣,也是一种休息。周日早上以及某些光照好的下午,空气中会弥漫着修枝器工作所带来的草香味。我们这里有十分严格的规矩。谁家的植物哪怕只是比规定的高度高了几毫米,也会受到法律的严惩。我们这些居民不应该受到此种冒犯:我们之前已经展现出了友好的姿态,可他们的所作所为无疑是种羞辱,而他们好像对此一无所知似的,因为他们又违反了合约中最重要的条款,让植物在房屋前肆意生长,完全破坏了社区园林的整体和谐。他们把热带地区的肮脏气息和落后国家毫不讲究的生活做派带到这里来了,那种野蛮的生活习惯威胁到了我们这里的古老信仰。由于我们只会在冬至日或夏至日聚会,所以暂时没有对他们施加什么惩罚措施。三角形的神庙中不应该出现愤怒的话语,于是我们就在工厂里简单地交换意见,或是在街头偶遇时轻轻一指那些杂乱的植物,大家也就心领神会了。点头摇头就是居民们做出判决的信号,它意味着我们所有人都达成了绝对的一致。我们是非常宽宏大量的。我们选择把仇恨深埋心底。入夜后的山头不会出现燃烧的十字架。我们以为一纸通告或一封情绪饱满的信件,又或是哪个人从阁楼上取一台生锈的修枝器给他们也就足够了。一向仁慈的神父宽慰我们说:他们来自可怕的丛林,那里居住着数百万和他们一样的人,他们从未拥有过我们这样的生活,也就压根儿意识不到自己应该修剪草木,让它们保持适当的高度。由于不准备举行仪式,我们认为使用其他办法也能把他们吓走,没必要采取太极端的手段。

仪 式

那个星期天早上,早早起床的居民都心怀恐惧地远远望见了发生的一切。我们把那些东西与伏都教联系在了一起。他们两人走到后院,从之前住着狗的小木棚里拖出了一只母鸡。关于此事存在诸多不同版本:有人说那只母鸡是黄褐色的,有人说母鸡的羽毛是灰色的,还有人说那是只白鸡——一只白来航鸡。他和她有过一番争吵。看上去是在争论要如何折磨那只鸡。最后那个女人退了几步,打了个手势,那个手势在他们信奉的宗教中肯定有某种含义。她看着丈夫用力扭断了母鸡的脖子,那在我们看来绝对是不可忍受的暴行。男人任由母鸡跌落在地上,它还有点生命力,又向前走了几步,于是那个刽子手又重复了那一暴行。这次母鸡发出了垂死的叫声,扭动着身子,羽毛随着它的扭动在空中飘舞,直到它完全死去为止。又也许他们把它带进房子的时候它还没死透,他们大概会在房子里继续折磨它。那场仪式激起了我们无尽的怒火。尽管这里的社交活动仅限于打招呼和就当天天气聊上几句，可是在那个星期天我们还是互相通了电话，为的就是聊聊早上发生的那件事，而在此之前我们几乎从来都不会使用电话。和修剪草木的事一样，大家的意见一致：类似的行为是绝对不可接受的，他们理应受到惩罚。我们的工作虽然是生产武器，这一点不错，但我们是为了让弱小的国家有一定程度的自保能力，希望通过这种方式来帮助他们远离战争的威胁。可是这也并不意味着我们就能够忍受暴行，尤其是施加在动物身上的暴行。当然了，我们也吃鸡，但只吃在每天生产上万只鸡的正规工厂流水线上被干干净净地杀死的鸡。如果说在一些罕见的特例中，有人决定饲养动物或是从幸存下来的某家农场购买动物的话，我们也会毫不犹豫地举起斧头把那些动物的头一并砍掉。有时无头的母鸡还会滑稽地试图逃走。根据这里的规定，我们要把被这样处死的动物倒吊起来，直到它们的血流干为止。如今我们决定用同样的办法对付那两个人，只有这样才能终止冒犯到我们的那场令人厌恶的仪式。

星期六的晚上

没人听到任何声响,也没人看到什么东西。整个社区一片死寂。山丘上有聚会。我们被禁止谈论那场夜间举行的会议。

结局

听到街上传来奇怪的机器声响的时候,那个男人和那个女人已经吃完早饭了。一开始他们认为也许外面是在铺路。有一伙人在喊叫,还有铁锹翻动土地的声音。她指责他没有好好照料花园,他的疏忽导致他们违反了当地的某项规定,现在他们要为此支付罚金了。他却傲慢地回答道:"只要他们别再乱搞,我就付钱。"他上了楼,走进卫生间,开始刮胡子。她则继续在厨房里刷碗。他们两人都在努力不去想正在发生的事情,也不想承认自己的惊恐。最后她也上了楼,对他说道:"你应该出去抗议,他们至少应该通知我们一声……"他继续着刮胡子的动作,回答道:"我在等他们敲门呢。"他们听到后院里传来了猫叫/狗叫的声音。有其他的狗回叫了起来，乌鸦和麻雀飞落到树上。整个房子都开始晃动了起来。木头碎片和装饰画飞到了半空。他们两人从窗户望见了推土机的齿状铁铲。他们夺门而出。房屋在他们背后轰然倒塌。一个刚才还在翻地的警员扑到了女人身上，撕碎了她的尼龙睡衣。她竭力抵抗。她的丈夫一击就把我们的人打倒了。这正是其他人等待的时机，他们终于有了行动的正当理由。他们在宰杀那两个人的时候，狗、乌鸦和麻雀渐渐聚拢了过来，我们默默欣赏着那一切。我们的社区又一次摆脱了闯入者，我们注定永远不会再受到他们的侵害了。

八月的那个下午

纪念曼努埃尔·米歇尔

你永远也不会忘记八月的那个下午。当时你十四岁，马上就要念完初中了。你的爸爸在你出生前不久就去世了，所以你对他没什么印象。你的妈妈在一家旅行社工作。从周一到周五，你每天都会在六点半醒来。那些与海边战斗、攻击丛林碉堡的行动和登陆敌军领地相关的梦境都被你抛在脑后。你就这样进入一天又一天，你必须学会生活、成长、抛下童年的一切。到了晚上，你们会一起看电视，但没什么交流。然后你把自己锁在房间里，读西班牙电视剧的原著小说、巴祖卡丛书*或与"二战"有关的故事，这些故事会帮

---

* 巴祖卡丛书（la Colección Bazooka），由讲述"二战"故事的多部作品组成，作者均为 H.Onson。——本书注释皆为译者所注

助你想象那些战斗,也帮助你进入那个你特别想体验的满是英雄的世界。

因为妈妈要出门工作,你只能在她哥哥家吃饭。他总是沉着脸,不向你流露任何感情,每个月都要求按时收到你的伙食费。但由于胡莉娅在,一切似乎都得到了补偿,她是你难以企及的表姐。胡莉娅学的是化学,她是唯一能让你在这个世界找到存在价值的人,不是由于爱,尽管你当时认为那就是爱,而是由于她对你这个闯入者、没人管的孩子、什么都没有的人所表现出的怜悯。

胡莉娅辅导你做作业,让你听她的磁带,如今如果不好好回忆的话,那种旋律就再也不会在你耳边响起了。一天晚上,她带你去看了电影,然后又向你介绍了她的男朋友,那也是第一个可以到家里找她的男朋友。从那时起你就憎恨起了佩德罗。他是胡莉娅的大学同学,穿着体面,和你们家人聊天时就像在自己家一样自在。你害怕他,你确信他单独和胡莉娅相处时一定经常嘲笑你,还会嘲笑你走到哪儿都带着战争小说的行为。你要是让胡莉娅不高兴,他肯定也会不高兴,他把你当作一个窥探者，一个碍事的人，却从没把你看作情敌。

胡莉娅就是在那个八月的下午满二十周岁的。吃完午饭后，佩德罗问她想不想坐他的车到城郊去兜风。你和他们一起去吧，你的舅舅命令道。你坐在后座上，阳光照耀得你睁不开眼，你觉得自己嫉妒得要死。胡莉娅把头斜靠在佩德罗的肩膀上，佩德罗只用一只手操纵方向盘，另一只手则搂着胡莉娅。广播里播放的歌曲吵得要命，午后时光降临到了这座满是岩石和尘土的城市。从车窗望去，城市边缘最后的房屋、住宅区和墓地已经被你们甩到了身后，然后（胡莉娅吻了佩德罗，仿佛缩在后座上的你并不存在似的）是森林、群山和晃动的松树。你看见阳光覆盖在松树上，就像是要阻止它哭泣一样。

最后佩德罗把他的福特轿车停在了一处废弃的修道院跟前。他们下了车，沿着长满苔藓、飘荡着回声的长廊走着。他们探身瞅了瞅通往一间阴暗地下室的石头楼梯。他们低声交谈、窃窃私语，小教堂的石壁把声音匆匆从一个角落传递到另一个角落。你看了看花园、潮湿的树林和高耸的大山。你现在觉得自己不是个没人管的孩子、闯入者、住在埃斯坎东区一栋可怕楼房里的学习成绩不好的可怜表弟,而是一个英雄:敦刻尔克、纳尔维克、托布鲁克、中途岛、斯大林格勒、阿拉曼、诺曼底、华沙、蒙特·卡西诺、阿登,你在所有这些地方战斗过。你还是非洲军团的指挥官,也是波兰骑兵的长官,你要针对希特勒的坦克军发动英雄式的自杀袭击。你是隆美尔、蒙哥马利、冯·伦德施泰特、朱可夫。你无暇去想谁是好人,谁是坏人,谁是受害者,谁又是刽子手。对你而言,唯一有价值的衡量标准就是谁能在抵抗敌人的危险战斗中获得胜利。在那一瞬间,你变成了巴祖卡丛书中的人物,你成了熟练掌握一切战斗手段的斗士,你的女人会为你欢庆胜利,你的事迹会永远流传下去。

悲伤的情绪很快就被喜悦替代。在佩德罗搂着胡莉娅的腰亲吻她的时候,你跑了起来,一下子就跳过了草丛和栅栏。后来你们走到一处低地,那里是树林和一条结冰的小溪的临界处,旁边还竖了个"请勿剪花和骚扰动物"的牌子。胡莉娅看到一只松鼠站在松树上,然后说道:"我想把它带回家。""松鼠可不是那么好抓到的,"佩德罗答道,"而且有很多护林人等着处罚那些想捕猎动物的人。"你突然说道:"我来抓它。"胡莉娅还没来得及说不要,你就已经爬到树上去了。

你抓住树皮的手指由于树脂的作用而不断滑动,就在这工夫,那只松鼠爬得更高了。你紧跟着它,后来站到了一节树枝上。你往下看了看,发现护林人已经走了过来,佩德罗没有想办法把他赶走,而是在试着跟他交谈,胡莉娅则努力不去看你,可是似乎又想知道你的情况。佩德罗没有揭发你,护林员也没有抬头看,看上去他很喜欢和人聊天。佩德罗想尽各种方法延长对话的时间。他想就这样一动不动地折磨你。以后他肯定会把这事当成笑话,他和胡莉娅势必会一起嘲笑你。这确实是破坏你的胜利、延长你的挫败感的好办法。

十分钟过去了。你脚下的树枝似乎已经开始打弯了。你害怕掉下去摔死,但更怕在胡莉娅面前丢脸,这才是最恐怖的事情。如果你爬下树或是求救的话,护林员肯定会把你带走关起来。他们的谈话还在继续,那只松鼠先是在几厘米远的地方挑衅你，然后就溜下了树，消失在树林里。胡莉娅此时已经跑到另一个地方哭了起来，她离佩德罗、护林员和松鼠很远，但是离你更远，你不可能看到她。

最后护林员告辞而去，佩德罗给他塞了几张钞票，你终于能爬下来了。你面色惨白，动作笨拙，感到无比羞愧，眼睛里还含着泪水，胡莉娅本是永远都不应该看到它们在你的眼眶里打转的，因为这恰恰证明你是个没人管的孩子，是个闯入者，而不是硫磺岛战役或蒙特·卡西诺战役中的英雄人物。佩德罗的笑声戛然而止，因为胡莉娅很严肃地斥责了他："你怎么能做那样的事呢？你真是个混蛋。我要和你分手。"

你们又回到了车上。胡莉娅不让佩德罗搂她了。回程中全程没人开口说话。回到城里时，天已经黑了。你在你认为自己熟悉的第一个街角处下了车。你漫无目地一连走了几个小时，回到家之后你把在树林里发生的事情告诉了妈妈。你哭了，你烧掉了全套巴祖卡丛书，但你永远都忘不了八月的那个下午。那也是你最后一次见到胡莉娅的下午。

低洼的公园

献给萨洛蒙·拉伊特尔

每天下午放学时，阿图罗都会望一望街道下方那片巨大的绿意盎然的开阔地。但是这次他一直走到了静静的池塘边上。当发现周围的树木越来越茂密，而光线也越来越昏暗时，他害怕了。最后他几乎算得上是逃出了那片低洼的公园。

"要是你不喜欢的话那就别吃。但是我不允许你半夜从冰箱里翻东西吃。"弗洛伦西娅姑姑拿走了那盘肉丸配米饭。阿图罗喝了几口温热的牛奶，把散落在桌布上的面包屑聚拢了起来。

他马上就要满九岁了。可是他的世界仍局限在弗洛伦西娅姑姑的那座单层房子里，还有家里那只不让他碰的猫，再就是"胡安·A.马特奥斯"小学了。拉斐尔是他的同学兼朋友，会陪他去看电影,还会跟他一起偷偷到低洼公园的那片池塘去钓鱼。

几个月前,阿图罗用一块湿手帕裹着一只小蟾蜍回到家。弗洛伦西娅姑姑打了他的手,还把蟾蜍扔进了燃烧着柴火和旧报纸的火炉里。后来阿图罗买了只小白鼠。弗洛伦西娅姑姑什么都没说,只是笑,后来那只猫扑向小白鼠并把它杀掉时,她显得很高兴。阿图罗最终也没能把小白鼠救下来。

他回到客厅,拿出算术本,开始解分数题。做完后他把铅笔放在一个男人的相片旁边,那个人每个月都会来看他,还会给他点钱。阿图罗一直不愿意像那人希望的那样叫他"爸爸"。

一天晚上,阿图罗正要睡觉,突然听到弗洛伦西娅姑姑的声音,她当时正在客厅,面前摊着一堆扑克牌,对面是一个付钱请姑姑算命的女人。

"她从七年前开始就再没来看过他了。当然了,她试过要来,但是他们不让。阿图罗认为他的妈妈已经到天堂去了,而他的爸爸只是偶尔来那么一次,他以为那是因为爸爸是飞机驾驶员,总是在执行飞行任务。不能把事实告诉小孩子。里卡多其实已经组建新的家庭了,感谢上帝,他已经把之前那段婚姻放下了。孩子并不是什么大问题。自从被妈妈抛弃之后,他就和我住在一起了,您也看到了,我就像当年教育我弟弟那样在教育他。女士,可怕的是钱不够用。我没法再问里卡多要更多的钱了,因为他还要养老婆和女儿们,花销也很大。所以我被迫到处搞钱。我从十五岁起就开始夜以继日地工作了。那是我的生存之道。最开始是为了养活我弟弟,现在又变成为了养活他儿子了。我没有爱人,不过节,也没什么娱乐活动。不过我从不抱怨。我们的主自有安排。我唯一的精神依托就是我的猫,因为阿图罗十分忘恩负义,他压根儿不怎么跟我说话……啊,女士,请原谅。您有问题要问,而我却一直用我的破事来烦您。请别理我……洗七次牌。把牌分成两摞,然后摸摸它们。"

弗洛伦西娅姑姑走进阿图罗的房间。她的怀里抱着猫。"你做过祷告了吗?过来,跪下,咱们两人一起做祷告。"

两人跪在床边。猫跳上了床，在枕头间舒适地趴了下来。祈祷完成后，弗洛伦西娅姑姑又把它抱了起来，在小男孩额头上吻了一下，然后离开了房间。阿图罗很担心柔软床单上的那些有光泽的灰色毛发会钻进他的嘴里，最后被他吸到肺里去。猫太可怕了。我真不明白弗洛伦西娅姑姑为什么会喜欢猫。

"你给它下毒了吗？"拉斐尔问道。

"没有，你在想什么呢。它只是不太舒服罢了。它不想吃东西，一直在哼唧。我那位老姑姑认为是对门邻居给它喂了老鼠药。"

他们坐在公园里，望着茂密的枝叶随风舞动。阿图罗手里拿着根没头的铅笔在地上乱画。

"你瞧，那有一根长了四片叶子的三叶草。"拉斐尔喊道。

"不对，有五片叶子。你好好看看。"

"太遗憾了，我还以为要交好运了呢。"

"哎，我的斗牛士卡片集齐了，来我家，我给你看。"

"你姑姑会生气的。"

"她不会知道的,她最近正因为猫的事情悲伤难过呢。"

刚走到街角,他们就看到弗洛伦西娅姑姑走了过来。她没有理睬拉斐尔的问候,而是盯着阿图罗说道:"猫已经没救了。我不想让它继续受罪了。你把它带去兽医那里吧。这是诊所的地址。不远。你就说是我让你去的,把小家伙和这些钱一起交给兽医。他们给它打针的时候你就不要看了。"

"我怎么处理尸体啊?"

"他们负责把它火化。"

他们进了房子。猫趴在沙发上一动不动。阿图罗试了试,它还有呼吸。弗洛伦西娅姑姑亲了亲它,抚摸了它一阵子,还落了泪。拉斐尔的在场让她感到很不自在,她感觉自己需要被迫做出解释:"你们是不会理解我的感受的。它已经陪伴我十几年了。再也不会有像它一样的猫了。"

她在一个用龙舌兰纤维织成的袋子里铺上了棉花,把猫放到了棉花上。他们走出家门。弗洛伦西娅姑姑站在门边,孩子们渐渐走远,她却一直在哭。

"她给了你多少钱?"拉斐尔问道。

阿图罗晃了晃手里的钞票。

"这都是她给你的?就是杀只猫而已,竟然要收这么多钱?"

"兽医诊所的定价就是这样。"

"你知道我想到什么了吗?把猫扔到公园里,咱们自己把钱留下。"

"那可不行。万一它活过来了,跑回家里去怎么办?我姑姑会杀了我的,我一点也没夸张。这只猫已经走失过许多次了,但每次都能自己回家。也许这次也会是这样。"

"可是它就快死了。你没看见吗?这样吧,咱们干件好事,送它一程吧。"

"我害怕。如果让我姑姑知道了……"

"她永远都不会知道的。你想想咱们能用这笔钱干些什么吧，去看电影，到查普尔特佩克划船，买各种各样的甜品和冷饮。总之……"

阿图罗摸了摸龙舌兰纤维袋子里的猫的身体。它已经死了吗？它是只坏猫。弗洛伦西娅姑姑爱它比爱我还多。

"不行，我还是不敢。我发誓我也因为猫咪的事情感到难过。"

"不管怎么说它都要死了，不是吗？把袋子扔到马路中间。来往车辆那么多呢，没人会知道的。"

"但它会受很多苦。有一次我看到一条狗……"

"你说的也有道理。那咱们就换种方法。"

"把它送人？"

"你疯了吗？……有了，咱们把它扔到水里去。"

"你别傻了，猫是会游泳的。"

"这样吧，咱们到公园去。这个点那里没有人。"

空无一人的公园里，空气中弥漫着池塘和树木的混杂气味。拉斐尔跳起来摸低矮的树枝，还模仿骑马的动作。他说："喂，咱们把它勒死怎么样？"

"它会受很多罪。"阿图罗重复道。可是他的内心深处还是对那只猫抱有敌意。我不应该害怕。它无论怎样都会死。最好还是一下子送它上路。

"小心点,别把袋子打开。它可能会逃走。"

"不行。你在想什么呢?我姑姑什么都干得出来,如果她知道咱们违抗了她的命令,还骗了她的钱的话……"

阿图罗冻得发抖,他把手指攥得咔咔响。夜幕就要降临了。拉斐尔在草丛中找到了一截废弃的混凝土石块,肯定是某个工程项目用剩下的。他走了过去,成功地把它搬了起来。

"准备好了,你把猫放好,我用这块石头砸它。"

"就没有别的办法了吗?"

"照我说的做。"

阿图罗把手伸进袋子,捞着猫的肚子想把那只几乎已经失去生命力的动物取出来。

"就现在。小心别把我也砸了。"

拉斐尔把石块举在半空。"我数到三,然后你就把它扔到地上。准备,一,二……"

那只猫就像是感知到了危险,又重新变得敏

捷起来。它挣脱了阿图罗的手,纵身一跃,毫发无损地落到了前方几米远的地方,然后飞奔进草丛里不见了。

"你没把它抓好。你太笨了。"

"我抓不住。天知道它是怎么挣脱的。"

阿图罗呆立在原地,一分钟后才着急地说道:"它活过来了。现在必须要找到它。它会跑回家去的。弗洛伦西娅姑姑会把我们杀掉的。"

"现在麻烦大了。快给她打个电话,问问猫跑回去没。"

"当然跑回去了,肯定的。猫都特别聪明。我好像听到它在对我们说:'就这里吧。把我杀掉吧,然后把钱拿去花了。'这只猫从来就没听过我的话。"

他们找了很久,喊着它的名字,拨开杂草丛,搜查大小树枝,在蟋蟀、青蛙和鸟儿的叫声中寻觅了整个公园的各个角落。公园里所有在夜间鸣叫的动物都像是在给那只猫打掩护。阿图罗又累又害怕,最后只得与拉斐尔道了别。他回到家后,十分害怕发现猫已经趴到了沙发上。但是客厅里只有弗洛伦西娅姑姑在。她正在一边玩牌一边哭泣。

"抱歉我回来晚了。诊所里人太多,我排到了最后一个。"

"你把它交到医生手上了吗?"

"对,医生说没有任何问题。"

"我看你脸色不太好……当然了,我能明白。应该我自己去才对……你想吃点什么吗?"

"不吃了,谢谢姑姑。我要去睡觉了。"

"你不知道我有多么想念小猫。明天一早我就去取它的骨灰。只要我还活着,它就会一直在这个房子里陪着我。"

天就要亮了,阿图罗躺在乱成一团的床单上,一晚上都没睡着。我不敢想象弗洛伦西娅姑姑得知我们并没有去诊所后会做什么。她绝对不会相信那只猫已经逃走了。她会说:"你一直就很讨厌她。你这是在报复她。我永远都不会原谅你。那个男孩是个坏蛋。肯定是他给你出的坏主意。你们把猫杀了,想以此来伤害我,还把我的钱也顺走了。混蛋,不愧是你妈的儿子。现在得让你见识下我的手段才行。我刚刚和我弟弟说过了,他会把你送去管教所,你会在那里和像你一样的小偷、杀人犯一起接受改造。"不,他会站在我这边的。又或者……谁知道呢?我对他的态度一直不好,他给我送礼物我都没谢过他。都怪拉斐尔,现在我摊上大事了,没人能救得了我。

现在他唯一的希望就是猫能回到家里来。哪怕是最轻微的响声都让他以为是猫咪的脚步声。您瞧,姑姑,我以圣子之名起誓,我们当时不敢把她带去诊所,不想看着那里的人把她杀掉。她痊愈了,所以我们在公园里把她放生了。弗洛伦西娅姑姑,请您理解我,毕竟我也很爱这只小猫咪呀。

他再也受不了了。他爬下床,从外套口袋里把藏着的钞票掏了出来,他把钱全都撕掉了,然后把碎屑从窗户撒了出去。大风很快就把纸屑吹得七零八落了。大概最好的办法还是逃走,永远都不再回来。但是我什么都不会做,在这座城市里也不认识其他人,我能逃到哪里去呢?

弗洛伦西娅姑姑听到了声响,睁开了眼睛。她徒劳地在身边摸索那具乞求她抚摸的躯体。弗洛伦西娅姑姑慢慢地、无用地摸索着。只要再过些日子,她会渐渐忘掉它的。

快乐法则

献给阿图罗·利普斯坦

你们是不会相信的，你们会说我是个傻瓜，但从小时候起我就幻想自己会飞、能隐形、能在家里看电影。你们对我说：等着看电视机吧，它能把你的房间变成电影院。现在我长大了，我嘲笑所有那些事情。当然了，现在到处都有电视机，我也知道人类除了坐上飞机之外是不能飞上天空的。让人隐身的药水配方则还没有被人发明。

我还记得第一次看电影的情况。他们在雷加洛斯·涅托电影院里架好了机器，结果去看片子的人在胡亚雷斯大道和圣胡安·德莱特兰大道交会的街角引发了一场骚乱。实际播放的都是些纪录片：猎犬、滑雪者、夏威夷的海滩、北极熊、超音速飞机。

可是我写这些东西给谁看呢？肯定没人会读

这本日记。这个本子是他们圣诞节的时候送我的，但我一直不想在上面写东西。我觉得写日记是女人才会做的事。我嘲笑了姐姐很久，因为她在日记里写了很多矫情的话："亲爱的日记本，我今天特别难过，我一直在等加夫列尔打电话来，但是他没有打来。"类似这样的东西。这些玩意儿和那些带香味的信封就只有一步之遥了。要是让同学们知道我也在搞这些娘娘腔的玩意儿，他们还不得把我笑死啊。

卡斯塔涅达老师倒是建议我们写日记。他说写日记可以帮助我们思考，因为写日记要求我们首先要把事情的条理搞清楚。时间一长，就能看出一个人是怎样的，做了什么，对事情持哪种看法，改变了多少。对了，卡斯塔涅达给了我描写树木的那篇作文满分十分，还把我为母亲节写的几句诗发表在了中学杂志上。在听写和写作文方面没人比得过我。我也会出错，不过我在拼写和标点使用方面还是要好过其他同学。我的历史、英语和礼仪课的成绩也不错，但物理、化学、数学和美术对我而言无异于洪水猛兽。我在家读了几乎一整套《年轻人的财富》*，还有埃米利奥·萨尔加里所有的书和大仲马、凡尔纳写的大部分小说。我很喜欢书，但是体育老师说读书太多会让我们的意志力变得薄弱。没人能理解老师们的想法，这个老师这么说，另一个老师又那么说。

写作是件很有趣的事情：看着那些单词聚在一起，竟能生出我们没有想到过的其他层面的意思，这让我惊讶不已。而且有的事情如果不写下来的话就会忘记：总是要给别人讲你前一年做了些什么，这对谁来说都是个艰巨的挑战。

我会把这本日记藏起来，因为如果有人读到的话，我肯定会羞得要命。

——我有几个月没写日记了。我尽量从今天开始每天都写上几行，或者至少每周写一次。之所以那么久没写可能是因为我们搬到了维拉克鲁斯。我爸爸被任命为这里的军区长官了。我还没适应这边的气候，睡眠很差，学校生活也不是很

---

* 阿根廷出版的少儿百科全书。

愉快。我还没能在这边的同学里交上朋友。墨西哥城的朋友们也不给我写信。和玛尔塔分开让我很难过。也许她会履行诺言，说服家人在放假时带她来玩。我们租的房子不是特别大，可是朝海，还有个花园。太阳不烈的时候我就在花园里读书学习。我很喜欢维拉克鲁斯。除了炎热之外，唯一不好的就是这里只有三家电影院，而且还没人家里有电视机。

——我现在游泳水平提高了不少，我觉得自己已经完全学会游泳了。是爸爸的新勤务兵图兰教我游泳的。还有件事：每周在迪亚斯·米隆电影院会有自由式摔跤比赛。要是我考得好的话，家人就会允许我去看。

——今天我认识了安娜·路易莎，她是我姐姐们的朋友，她的妈妈是给她们做衣服的裁缝。她住得离我家不远，不过那个区要更穷一些，她在"纺织品天堂"上班。我当时特别内向。后来我想表现得更风趣一些，却说了无数蠢话出来。

——下课后我留在了市中心，想着能在安娜·路易莎从店里出来时看她一眼。我上了途经布拉沃街、终点是海滨住宅区的有轨电车，我回家也是同一条线路。结果很不好，因为安娜·路易莎和她的朋友们在一起。我不敢走上前去，但我还是和她打了招呼，她回应我时表现得很友好。以后会发生什么事呢？这还是个谜。

——三分之一学期考试。我在化学和三角学考试中考得像坨屎。但幸运的是，妈妈在成绩单上签了字，而且什么也没和爸爸讲。

——昨天是独立日（或者按这里人的叫法：主节），巴勃罗向我介绍了一个戴眼镜的小伙子，他的年纪比我们大。等到我们走远之后，巴勃罗对我说道：

"他和你看上的那位姑娘好上了。"

他没讲更多的细节，我也没敢问。

——我把车从海滨住宅区开到了莫坎波。图兰说我开得不错。虽说他已经二十八岁了，但我觉得他是个好人。交警把我们拦了下来，因为他觉得我看上去没到法定驾驶年龄。他让我把驾照或驾校学员证拿出来，图兰任他把话讲完，然后才告诉他我爸爸是谁，所以我们没花钱就把事情解决了。

——一连几天我连安娜·路易莎的影子都没见到。可能她和家人一起到哈拉帕去了。我在她家周围溜达过几次,房门紧锁,屋子里总是黑漆漆一片。

——我和图兰一起去看了电影。他的女朋友在入口处等着我们。我觉得她人不错,很和善,长得也漂亮,不过有点胖,还镶了颗金牙。她叫坎德拉里亚,在那种临街药房工作。我们后来把她送回了家。在回程时我向图兰坦白说我喜欢安娜·路易莎。他答道:

"你之前已经和我说过了。我会帮你的。咱们四个可以一起出去玩。"

——我最近没写日记是因为没发生什么重要的事。安娜·路易莎还没回来。我都不了解她,又是怎么爱上她的呢?

——坎德拉里亚和图兰请我在尤卡坦冷饮店吃了冰激凌。坎德拉里亚问了我许多关于安娜·路易莎的事。图兰已经把我的事添油加醋地对她讲过了。那么现在你们怎么样了呢?

——回学校后我经历了一件永生难忘的事：我第一次见到了死人。当然了，我在《午后报》上见过死人的照片，但那是另一回事，完全不一样。现场有许多人，当时救护车还没来。有人在尸体上盖了条床单。有几个小孩把它掀了起来，我看到了尸体胸部的洞、他张开的眼睛和嘴巴，我都快被吓死了。最恐怖的是血都流到了人行道上，我感到又害怕又恶心。

凶器是一把开椰子的刀，双面开刃的那种，中间还有个槽子。死者应该是个装卸工或渔民，我不是很确定。他留下了八个孩子，他的老婆是个在街头卖玉米粽子的女人，凶手是个鞋匠，是死者老婆的情人，杀人完全出于嫉妒。凶手跑了。大概后来被捕了。人们说他当时喝得醉醺醺的。

竟然有人会为卖玉米粽子的那个又老又丑的女人去杀人，这让我觉得十分诧异。我以前一直以为只有年轻人才会相恋……不管我再做什么事，我总是会想起那具尸体的样子，想起那个可怕的伤口，也想起那些甚至喷溅到墙上的鲜血。我不知道爸爸是怎么在革命期间出生入死的，虽然他曾经说过,这种事只要经历过一次,要不了多久,以后再见到死人也就见怪不怪了。

——安娜·路易莎回来了。她来我家了。我跟她打了招呼,不过我不知道要跟她再说些什么,也不知道该怎么说。后来她就和我的姐姐们一起出门了。我怎样才能接近她呢?

——安娜·路易莎、内娜和玛丽卡门周日的时候要去看电影,然后还会到广场中心的密室去玩。玛丽卡门问我是不是喜欢安娜·路易莎。我由于怯懦,回答道:

"不喜欢,你怎么会这么想呢?还有那么多比她好看一千倍的姑娘呢。"

——我是六点半到达广场中心的。我遇见了巴勃罗和其他几个学校里的同学,于是就和他们一起在广场里溜达了起来。不一会儿安娜·路易莎就和玛丽卡门、内娜一起出现了。我请她们到尤卡坦冷饮店吃了冰激凌。我们一起聊了聊电影和维拉克鲁斯。安娜·路易莎想到墨西哥城去。图兰开了辆很大的车来接我们,我们一起送安娜·路易莎回家。她一下车,我的姐姐们就开始嘲笑我。有时候我真的很讨厌她们。最糟糕的还得算是玛丽卡门说的那句话：

"你别做梦了，小不点儿，安娜·路易莎有男朋友了，只不过他不在这儿罢了。"

——在犹豫过许多次后，我还是决定到有轨电车车站等安娜·路易莎。她和她的朋友们下车时我跟她打了招呼，然后往她手里塞了张小纸条：

安娜·路易莎：

  我爱上你了。我急着想和你单独聊聊。明天我会像今天一样等着你。你也用这种方式把答案告诉我吧。请告诉我咱们什么时候、在哪里可以见面，或者告诉我你不想让我再烦你了也行。

后来我觉得最后一句话加得太鲁莽了，但后悔也已经迟了。我想象不到她会如何回复我。我更倾向于她会把我臭骂一顿。

——我一整天都很焦虑。和我预想的不同，安娜·路易莎是这样回答的：

豪尔赫我不相信，你竟然会爱伤我，咱们可以聊一撩，周日中午，在海宾住宅区的那排长椅附进见面吧。

——图兰："你看吧？我就给你说可以主动出击。现在开始听我的，周日别再犹豫了。"

玛丽卡门："喂，你是怎么回事啊？为什么这么高兴啊？"

我今天没有学习，这很不好。

——约会开始前十五分钟，我在沙滩边的观景台上租了一把长椅，然后开始读《哲学概要》，那是内娜的书，我只是在做样子给安娜·路易莎看。实际上我一个字都看不明白。我很不安，完全没办法集中注意力。十二点了，她没来。十二点半了，她还没来。我以为她不会来了，正准备离开时，安娜·路易莎出现了。

"抱歉我迟到了，我没办法抽身出来。"

"从谁那里抽身？"

"从我妈妈那儿。她不让我出门。"

"你收到我的信了吗？"

"什么信?"

"我指的是我留的纸条。"

"当然了,我还回复你了,所以咱们现在才会在这里见面啊,不是吗?"

"没错。我真蠢……你是怎么想的呢?"

"什么事?"

"我对你说的那些事。"

"啊,我也不知道。给我点时间吧。"

"你已经有很多时间去想了,拿个主意吧。"

"你让我怎么拿主意呢,我都不了解你呀。"

"安娜·路易莎,我也不了解你,可是你看……"

"看什么?"

"……我已经爱上你了。"

我脸红了。我确信安娜·路易莎就要笑了。但是她没有做出回答,而是拉起了我的手,就好像我们周围并非全都是人一样,就好像我们现在不是坐在舞厅和沙滩中间的观景台上一样。

她不想让我请她喝东西。我们沿着海岸线一直走到了改革大道。我感到很幸福,尽管我很害怕被家人发现,因为大家显然认为我还没到可以和女孩子外出约会的年纪，而且他们觉得做这种事情不亚于犯罪，它会影响我的学习成绩，阻碍我的身心健康发展，我要是犯了，就应当被处以极刑。我不知道该怎么说，安娜·路易莎的脸庞漂亮极了，她的体型也很完美，靠近她、和她手牵手一起行走，这对我而言是种至高无上的快乐，我愿意为它冒任何风险。最后，安娜·路易莎说道：

"好吧，我必须承认我也喜欢你。"

我没说话，只是停下脚步盯着她。

"可是有一个问题。"

"什么问题？"

"你比我小了两三岁。我马上就十六岁了。"

"这有什么关系？"

"真的没关系吗？"

"当然没关系。"

她更靠近了我一些。我抱住了她。我们接吻了。我本想把之后发生的一切都写下来，但是我的姐姐们刚才过来了。要是让她们读到这本日记可就糟了。我得把它藏到衣柜最里面去。总之我就只记录下我很快乐就对了，那次约会的结果比我预想的要好上一千倍。

——我和安娜·路易莎在海岸边相聚了一夜又一夜,我们在黑暗中亲吻。我之前没把这些写下来是因为害怕别人读到。可如果我不写的话,那些事情可能最后就什么痕迹也留不下了。我甚至连安娜·路易莎的照片都没有。她不给我,不过既然我的姐姐们有的话……

——昨天我的日记没写完,因为我爸爸突然闯了进来,问我:

"你在写什么呢?"

我对他说我在写墨西哥历史课的作业,他相信了。我发现他很紧张,这个州的南部出问题了。农民们不愿意把土地拿出来给国家修建用于水力发电的新水坝。那些村庄会被水淹没,村民们会失去所有的东西。要是事情没法解决的话他就必须赶过去把那些人都赶走。他今天已经把这事告诉妈妈了。他说军队是代表人民利益的,所以绝对不能对群众开枪。我对爸爸了解不多,我俩几乎不太说话,但是有一次他给我说过他以前非常穷,后来在和我现在差不多的年纪参加了革命,我感觉那好像已经是一千年前的事情了。

——今天是可怕的一天：安娜·路易莎又去哈拉帕了。她答应给我往图兰的女朋友家寄信。我的学习成绩越来越差了。要知道小学的时候我可是班里最好的学生之一……

——图兰带我到公路上练车了。我从莫坎波一直开到了河口。坎德拉里亚也和我们一起。她保证说等到安娜·路易莎回来后，她一定能让安娜·路易莎"和她"一起出门，然后我们四人就可以一起出去散步了。

——坎德拉里亚给我打了电话。她收到了安娜·路易莎寄来的信，她会和图兰一起给我送来。我更倾向于自己去取。可今天是周日，我没能找到出门的借口，所以我一整天都心焦得要命。

——亲爱的豪尔赫请原亮我没能早点给你写信不过这是因为我没时间这边的问体太多了我连一分中空闲时间都没有。我们到这儿后我姑姑告诉我爸爸说我和你单毒外出，还说我们在海安边拥包和接吻，谁知道她还对他说了些什么呢。

后来我姑姑走了我爸爸叫我过去他把姑姑告

苏他的事都告苏我了,我对他说那都是假的,咱们是一起外出过但是你的姐姐们也一起去了。好吧,总之他想信了我。

豪尔赫见不到你的时候我真是肚日如年,我一直在想着你,晚上睡觉时也在想,我真想用远和你在一起,但是真的很难。

豪尔赫你好好用功学习,看看能不能来哈拉帕上学,因为谁知道我神么时候才能去维拉克鲁斯呢。

好了亲爱的豪尔赫,向内娜以及玛丽卡门问好,也向你的妈妈和爸爸问好,尤其要向图兰以及他的女朋友问好。

你别往这个地址给我寄信,要是想给我写信的话就走维拉克鲁斯-哈拉帕邮正,收件人的名字写路易莎·贝罗卡尔,他们会把信交给我的,因为我有个证见上就是那个名字。

好了,上帝保佑你,豪尔赫,请接受我的吻,要知道我爱你,我没有忘记你。

安娜·路易莎

刚把全信读完（安娜·路易莎说话得体，为什么写东西时错误百出呢？也许是因为她不太读书吧），我就赶忙写了回信，并做了番修改：

我的爱人（这样写不行。）亲爱的安娜·路易莎（这样也不行，听上去太冷漠了。）我挚爱且难忘的安娜·路易莎（绝对不行，太做作了。）我最亲爱的安娜·路易莎（好了点。）我亲爱的安娜·路易莎（我觉得这样不错）：

你根本想象不到收到你的信我有多么快乐，那可能是世界上最被期待的一封信了。（听上去不太顺口，不过就这样吧。）你也想象不到我有多么爱你，又有多么想见到你。现在我确信我是真的爱上你了，我迷恋你。不过，我还是得直白地指出你信里三点奇怪的地方：

首先，我一直以为和你一起住的那位夫人是你妈妈，结果却是你姑姑。（实际上你从来就没告诉过我你爸爸住在哈拉帕。我一直担惊受怕，生怕我把你送到你家外面的街角时会被他发现。）

其次，为什么你不能回来呢？为什么你总是要去哈拉帕呢？这些事情让我很担心。我乞求你解答我的困惑。

最后，我会按你指示的方式寄出这封信。可我不明白你为什么会有那样一个证件，上面为什么会有个不属于你的名字。你会给我解释的，对吧？

至于我这边的情况，我就不告诉你了，因为你不在的时候，一切都变得那么可怕。赶快回来吧，我需要你，我崇敬你。献给你无数带有我真挚的爱的吻。

豪尔赫

好吧，这封信的开头和结尾让我觉得很像加夫列尔写给玛丽卡门的那些信（我是背着她偷偷读的）。不过从全文来看我觉得写得还不错。我要把它再誊写一遍，然后交给图兰，好让他明天就帮我把信寄出去。

——从现在算起的一年之后，我会在哪儿呢？会发生些什么事情呢？十年之后呢？

——我回到家时嘴巴破了,鼻子也在流血。尽管如此,那一架还是我赢了。放学后我和奥斯卡打了一架,他是阿德丽娜的弟弟,那个胖姑娘谁的坏话都说,连自己的亲娘也不放过,不过,她却是内娜的好朋友。奥斯卡说他们看见我和安娜·路易莎卿卿我我地在海岸边散步,他说我是在犯傻,因为安娜·路易莎已经和所有人都睡过觉了。我不相信他的话,也不允许任何人说这种话。糟糕的是这混蛋编造的谣言和安娜·路易莎本人写的那封信中确实有太多让人疑惑不解的东西了。我必须撒谎,我说我打架是因为同学们因为水坝和被淹村庄的事骂了我爸爸。

——土地被淹了,政府不知道把那里的人安置到什么地方去了,我爸爸不必直接出面了。我依然在等待着安娜·路易莎的回信。我和坎德拉里亚以及图兰一起去看了电影。两场连播:《一个美国人在巴黎》和《雨中曲》。

——学校里没人愿意接近我了。奥斯卡那事发生后,大家都害怕和我说话,都对我冷冰冰的。甚至连巴勃罗也是如此,他可以算得上是我最好的朋友了，如今也在竭力避免让别人看到我俩走在一起。

——我再也受不了了，我把安娜·路易莎身上的全部谜团都告诉了坎德拉里亚和图兰。坎德拉里亚对我说她本不想涉及这个话题，因为怕打破我的美梦。如果说她现在愿意和我讨论此事，那也纯粹是出于友谊的考虑，也是为了让我明白可能会出现的后果。她发誓说她个人对安娜·路易莎没有任何意见，但她不喜欢路易莎到处去骗人。

她到哈拉帕去的原因是她爸爸和那位"姑姑"，也就是说，那个和她同住、实际上是她继母的女人——而她的亲生母亲在她刚出生没多久就和另一个男人跑了——想要把她嫁出去，因为她在那边和一个小伙子发生过关系。从坎德拉里亚的语气就可以推断出所谓的"关系"是什么意思。他们无论是走法律途径还是靠施加武力都行不通——那个小伙子是一个前任政府官员的侄子，要是他们和他硬来的话肯定讨不到好果子吃，所以他们只能不断苦苦哀求对方。我在坎德拉里亚和图兰面前表现得很无动于衷，但实际上我的心已经破碎得不成样子了。

——我亲爱的安娜·路易莎：你收到我的信了吗？为什么没给我回信呢？我急着想见你，想跟你聊聊。这边发生了一些非常奇怪的事情。我乞求你尽快回来，或者至少写封信给我，告诉我是否可能通过电话联系上你。给我寄张明信片也行啊。我求你了，请马上去做这件事吧。别再拖了。给你无数个吻，我越来越想你了，我永远爱你。

豪尔赫

——我真不应该把那些事告诉图兰。现在他对待我的方式不太一样了，他似乎比以前更信任我了。总之……

——也许安娜·路易莎的问题已经迫使我和半个世界的人打架了。我的同学们尽管依然像盯着一只奇怪的虫子那样看我，却都不再跟我说话了。我的姐姐们也在家里冷嘲热讽的，我怀疑所有的事她们都已经知道了。（内娜的朋友阿德丽娜特别热衷于讲述整个维拉克鲁斯人的生活和八卦。她尤为喜欢去讲谁和谁睡到一起了之类的事情，可能是因为没人愿意和阿德丽娜做那些事吧。）

但是，哈拉帕那边到底是什么情况呢？为什么安娜·路易莎没给我回信呢？坎德拉里亚说的难道是真的吗？还是说那些事都是她由于嫉妒编出来的？（安娜·路易莎比她更年轻漂亮。）

——电话响起时我没有在学三角形，而是在读《所罗门王的宝藏》。是安娜·路易莎打来的，她今天从哈拉帕回来。她语速飞快地对我说道：

"感谢给我写信。我十分挂念你。明天我下班后咱们见一面。现在为了打掩护，去让内娜来接电话吧。"

我整个下午和晚上过得都糟透了。我完全抑制不住想见她的欲望。

——从哪里开始写呢？就从头开始吧：图兰不想把车借我，因为如果我爸爸知道的话肯定会把他枪毙的。他提议我们四个人一起出去。他和坎德拉里亚先去学校接我，而安娜·路易莎则在"纺织品天堂"附近等我们。坎德拉里亚会通知她我们的计划的。后来我们就这么办了。

安娜·路易莎在店铺所在的街角等我们。她没有因为另外两人和我一起来找她而显得不快。

她向坎德拉里亚打了招呼,就好像她们老早就认识了一样,她坐到了后座上,坐在我的身边,她也不怕被别人看到,立刻在我脸上亲了一口。

"咱们去哪儿?"她问道,"他们允许我最晚八点回家。"

"掉个头,往后开吧,"图兰答道,"去安东·利萨尔多港怎么样?"

"太远了。"安娜·路易莎说道。

"对,但是去别的地方的话别人可能会看到我们。"坎德拉里亚说道。

"啊呀,瞧你说的,咱们又不会做什么出格的事。"安娜·路易莎说道。

"姑娘啊,上帝保佑,你可别瞎想,"图兰用墨西哥电影里的那种腔调评论道,"我们的意思是如果让人看见咱们在这附近闲逛,然后他们把这事告诉将军的话,他肯定会因为我教坏了他家的公子而把我枪毙。"

她俩都笑了,但是我没笑。我很讨厌图兰的那种腔调。但他毕竟帮了我的忙,我的命运掌握在他的手里,所以我也没办法苛责他什么。

图兰把车子开上了独立大道，然后径直朝着迪亚斯·米隆电影院的方向开去，一直走上了通往河口和阿尔瓦拉多的公路。在路过拉博迪卡利亚军营的时候，图兰一边在后视镜里望着我一边警告道：

"快趴下，小家伙，别让人看见你，不然他们可就真要'啪啪'开枪了。"

我假装笑了笑，这时候冲他生气也有点不合常理。但其实我确实有些生气，因为图兰让我在姑娘们面前显得像是个无助的婴儿。

我离安娜·路易莎有半米的距离，我看着她，却不敢开口说话。在给她写过那封信后我就不知道该在外人面前怎样和她说话以及说些什么了。图兰则相反，他一边全速开车，一边不停地和坎德拉里亚说话，还时不时地转头看看我俩。

我觉得安娜·路易莎似乎很喜欢这个游戏。她时不时向我投来微笑，但是也没有说话。直到最后她说了句话，好像是故意让别人也听到一样：

"过来，离我近点，我又不咬人。"

我不喜欢她这样说话。不过我还是利用这个

机会朝她挪了过去，用胳膊搂着她，抓住她的手，在她嘴上吻了下去。我试着静静地吻她，但还是发出了声音。图兰喊道：

"就是这样，小家伙，干得好，亲嘴就是得这样。"

我觉得自己太没种了，我很想回应说"闭嘴吧，混蛋"。但是我忍住了——如果和他打起来的话，我完全没有胜算，而且至少从理论上来说那会导致我和安娜·路易莎真正地变成"孤家寡人"。

驶过海军学校，来到沙滩边时大概是下午六点半。我们把车开到比渔民停船撒网之地还要远许多的地方，然后才下了车。她们两个先跑去看沙滩上的什么东西去了，她们交谈的内容我听不到。图兰从牙缝里蹦出几个字来：

"要是你今天不操她的话，你就是个彻头彻尾的笨蛋。她已经比极品婊子更脏了。"

图兰从没跟我这样说过话。我终于忍不住了，于是对他说道：

"你最好还是闭嘴吧，不是吗？这事跟你他妈的有啥关系？混蛋。"

他没回答我。后来他和坎德拉里亚搂在一起,回到别克车上去了。安娜·路易莎和我手拉着手,沿着海岸线慢慢走远了。海风很强,吹起了她的裙子,安娜·路易莎胸前的衣服紧紧地贴在肌肤上。我俩坐到了沙坝下方被海水冲上岸的一截树干上。

"安娜·路易莎,我想问你几个问题。"

"我不想说话。而且你难道不是为了和我独处才到这儿来的吗?好了,我现在就在你身边,抓住机会,咱们不要浪费时间了。"

"对,可是我想知道……"

"唉,男人啊,我肯定你听到了什么风言风语。你不要理就好了。或者这么说吧:你不爱我吗?你不信任我吗?"

"我崇敬你。"我抱住她,吻住了她的嘴。我的舌头和她的碰到了一起,我紧紧地搂着她,开始抚摸她。

"我爱你,我爱你,我爱你。我太喜欢你了。"她带着一种陌生的激情对我说道。不知不觉间天已经黑了,我们边接吻,边在沙地上翻滚,我把手伸进了她的上衣里，另一只手则摸着她的腿，差一点就把她的裙子脱了。（如果有谁看到这本日记的话肯定觉得那个画面肮脏不堪，但我必须忠实地记录今天发生的事情。）突然我们的眼前出现了一道让我们睁不开眼的强光。

我心想：这是图兰开的玩笑。不对，那辆别克车依然停在远处，车灯也关着。来的是一辆正在逐渐靠近沙滩的校车。我完全不明白修女学校的学生们这个点跑到这里是要干什么。也许是来找刺猬或贝壳之类的东西做实验？谁知道呢？

安娜·路易莎和我站了起来，我们又牵起了手，若无其事地继续沿着海岸线走了起来。校车几乎就在我们眼前停了下来。从车上下来了许多穿着灰色校服的女孩和两个嬷嬷。我俩生气地交换了一下眼神，在清理了耳朵里的沙子后回到了车上。坎德拉里亚正在梳头，图兰则在把衬衫往裤子里塞。

"这些操蛋的巫婆，把我们的节日毁了。"他说道。

"咱们到别的地方去吧。"我提议道。

"不行,已经很晚了。咱们最好还是回去吧。"安娜·路易莎答道。

"对,该回去了。你想想你爸爸要是知道这事的话会有什么后果吧。"图兰补充道。

"会怎样?"

"他会像打狗一样把我们暴打一顿,然后咱们四个就永远也别想再一起出来了。"

图兰话中有话,他的意思是:"没有我的帮助,你永远也别想和安娜·路易莎一起跑到这种偏远的地方来。"

图兰的变化让我感到十分惊讶。我想可能是因为我和他走得太近了。回程路上的气氛十分诡异:没人开口讲话。但是我一直抱着安娜·路易莎,我亲吻她、抚摸她,摸遍了她的全身,我现在已经不在乎他们的目光了。我们把她放在了她家后面的一条街上。她走的时候没告诉我下次和我见面会是什么时候。

后来我们又送走了坎德拉里亚。图兰把我带去了一家餐厅的卫生间。我洗了洗脸,又梳了梳头,还在嘴唇的伤口上和头发上都涂了油。我以前都不知道图兰会把这些东西都装在后备厢里。

当然了，回家后妈妈因为我回家太晚而且没打电话冲我发了火。（爸爸在墨西哥城，周一才回来。）图兰应对得当。他说他一直在公路上教我开车，后来有个轮胎爆胎了。我写了太多了，感觉很累，写不下去了。

——和昨天不同，今天是可怕的一天。我上课的时候一直在走神。晚上妈妈对我说：

"我知道你正在跟那个女孩约会。我给你个忠告：她不适合你。"

我想知道她是如何得知这些事情的。

——安娜·路易莎打电话来了。幸运的是接电话的人是我。她只是说让我七点半的时候在防波堤上等她。她很温柔，她恳求说我们别再和图兰以及坎德拉里亚一起外出了。可只有和他们一起我才能用那辆别克车，那是辆私家车——吉普车也开不成，只有部队里的人能开。我不敢问她坎德拉里亚告诉我的那件事。她肯定会觉得我不信任她。安娜·路易莎对我说我的姐姐们最近对她十分冷漠。也就是说，我家里人都知道了……

可不管发生什么我都不会离开安娜·路易莎。

——今天我在课堂上的表现也像个傻子。我的成绩越来越差了，连之前那些擅长的学科我也学不好了。等到爸爸看到我的成绩单的时候，灾难就要降临了。我没办法学习，也没办法集中注意力。我无时无刻不在想着安娜·路易莎以及和她相关的事情。

——为什么安娜·路易莎总是向我问东问西，却不给我讲关于她和她的家庭的事情呢？我猜是因为她老爸让她觉得难为情。她爸爸开着辆带扩音器的车，在各个村子里走街串巷，售卖治疗疟疾和蛔虫病的药，还有脱趼药、老鼠药、治疗白头发的药剂、驱蚊灯和其他稀奇古怪的东西。他的工作并没什么不好的。真正该感到害臊的人应该是我，毕竟我爸爸是靠沾满鲜血的双手来谋生的。

安娜·路易莎并不是很爱她的爸爸，因为他总是不在家，还给她带回来过好几任后妈，由于是家里的独女，她很小就被迫离家打工了。她本想继续学习的。她很聪明，但由于只读到了小学四年级,她读不了书,只能看看画册,她背下了《歌者皮考特》里记录的歌词,听广播剧,喜欢看佩德罗·因凡特和丽伯塔·拉玛特演的电影。我略微嘲笑过她的这些喜好。我那么做实际上很不好,她有什么过错呢?她只能看懂那些东西呀。

之前有一次我还在阿德丽娜面前捍卫了安娜·路易莎。她当时正在讥讽安娜·路易莎,因为她们一起去看了《郎心似铁》,安娜·路易莎由于来不及看西班牙语字幕而没看明白那部电影。(她曾给我讲过她对《暴君焚城录》的理解,说得我想哭。)她没上过什么学,这确实是个问题。不过这是可以补救的问题,而且我在她身上还看到了其他许多美好的品质。我没有批评她的权利。我爱安娜·路易莎,其他的事情并不重要。

——今天又是可怕的一天。安娜·路易莎又到哈拉帕去了。北风劲吹,许多街道都被淹了,我家的花园也被淹了。我和内娜打架了,因为她说:

"听着,你最好去找个有教养的女朋友,别再跟那个和所有男人都有一腿的骚货好了。"

还好当时家里没有别人。毫无疑问内娜会把

一切都告诉妈妈，她早就开始咒骂安娜·路易莎了，而内娜肯定也将继续和玛丽卡门以及阿德丽娜一起嘲笑我，因为我说我很骄傲自己是安娜·路易莎的男朋友，我还说我很爱她。好吧，我承认了，事到如今也没什么可隐瞒的了。

——这个周日我一睁眼就感觉很难过，连起床的力气都没有了。我借口说我头疼，嗓子也疼，然后用了几个小时的时间去想象安娜·路易莎在做什么，还有她什么时候能从哈拉帕回来。妈妈在我的胸口抹了一堆药，熏得我差点吐出来。

——奇耻大辱。系主任把我叫去了办公室。他说我的分数直线下降，而我在校外的某些行为已经成了丑闻。如果我不立刻改正的话，他就会和我爸爸聊聊，建议他把我送进军事化少年学校，那里实际上和管教所没什么区别。那只可恶的癞蛤蟆还给我讲了一堆大道理。他坚持说我还没到和姑娘们约会的年纪，说女孩子们会让我迷失，把我变成堕落的人。性爱是上帝扔在人类面前的最大的恶，战胜它的唯一方法就是合法结婚，那个伪君子这样总结道。他难道真的认为没人知道他总是斜着眼偷瞥女生大腿的事吗?

我只能低着头来应对那个话痨,然后像个真正的胆小鬼那样对他说道:

"是的,主任先生,您说得有道理,主任先生,我保证不会再犯了,主任先生。"

为了赶紧结束那场操蛋的会面,我的手和他那油腻的手握在了一起。

"你天资很好,小伙子。所有人都会犯错。我知道你很快就会回到正路上来的。去吧,回教室去吧,别把这事告诉你的同学们。"

就是这样。现在全世界都知道我和安娜·路易莎的事了,而且所有人都无一例外地反对我俩的关系。要是杀死我见到的那个死人的凶手就是我的话,恐怕他们倒是会表现出更多的同情心。安娜·路易莎和我做些什么关他们什么事呢?

——一切如常。我很想念安娜·路易莎。她在做什么呢?她什么时候回来呢?她为什么不给我写信呢?

——事情在朝着更糟糕的方向发展。我和全家人一起在河口吃了饭,同行的还有约兰达,她是我姐姐们的一位长得很好看的朋友。我爸妈曾经起身到另一张桌子去问候堂阿道弗·鲁伊斯·科尔蒂内斯，再过几个星期那个老头就要就任总统了，在那档子工夫她们就开始对我含沙射影了，她们说吉尔伯托——约兰达的弟弟，也是巴勃罗的好朋友，是个很讨厌的家伙——总是和下等女人搞在一起，却不好好在学校里寻觅个姑娘。

"那些母猫也不知道是有什么魅力，"玛丽卡门盯着我的眼睛说道，"我肯定吉尔伯托不是我们认识的唯一一个有恋猫癖的人。"

我真想把面前的热汤泼到她的脸上去。好在约兰达换了话题。玛丽卡门忘了她的加夫列利托*也是个可悲的魔鬼，尽管他爸爸是个工业大亨，家里有很多钱。至于内娜，她唯一钓到的男朋友是个负责军队后勤工作的首都人。问题是他们总喜欢把我和阿德丽娜扯到一起。太可怕了。让我和那头母鲸好，还不如要我的命。

---

* "加夫列利托"系"加夫列尔"的指小词，在西班牙语姓名中使用指小词有昵称的作用。

——我爸爸已经三天没回家了。妈妈一直在哭。我问玛丽卡门发生什么事了。她回答说：

"别掺和那些你不该管的事。"

——爸爸回家了。他坚称自己是和未来的总统一起到哈拉帕处理和军方有关的事情去了。（新总统担心会爆发叛乱，因为有几个将军指责他是叛徒，说他在1914年美军入侵维拉克鲁斯时和美国人有过合作。我的家人都说这是对鲁伊斯·科尔蒂内斯的诽谤，因为尽管他不像米格尔·阿莱曼那样和善且耀眼，但也是个正直的人。至少不像其他人那样像个强盗——他唯一的爱好就是坐在门廊里玩多米诺骨牌。其他人则坚称：考虑到他的年纪，他肯定没法活着登上大位。他已经快六十岁了，就和伊达尔戈神父或贝努斯蒂亚诺·卡兰萨一样，他们都是墨西哥历史上最古老的木乃伊。）

如果我爸爸是去干公事的话，他是可以打电话回家的，不是吗？图兰当然一直以司机的身份陪着他，他知道一切真相，但他绝对连一个字都不会跟我吐露的。图兰见到安娜·路易莎了吗？

不可能,连我也没有她在哈拉帕的地址。

——我奇迹般地获救了。邮差来的时候我一个人在家。我接收了信件。一个没写寄信人姓名的信封让我有些焦虑。尽管收信人是我爸爸,我还是冒着"那只是封再普通不过的信"的风险打开了它。我的预感没错:寄信人在信里也没留姓名。信的内容都是用剪裁下来的印刷体文字粘贴起来的,而且粘得很不好。信中说:

一次,两次,三次:试探,再试探。您和您儿子的丑事在维拉克鲁斯已经满城皆知了。如果说现在贵公子还是个小孩的话,他长大后又能干出什么事来呢?赶紧把他送进管教所吧,别让他从您那里学去放浪的性子和对米格尔·阿莱曼及叛徒鲁伊斯·科尔蒂内斯政权的奴颜媚骨。我们这儿都是勤劳又有教养的人。为什么墨西哥城的人总喜欢派像您一样的坏坯子过来呢?我们唾弃像您这样的腐败家庭。上梁不正下梁歪。我们会监督你们的。我们会继续写信来的。若要人不知除非己莫为。举头三尺有神明。不是不报时候未到。以牙还牙，以眼还眼。明白了吗？做出改变，然后滚远。

我得立刻把它烧掉，把灰烬埋在花园里。我从未见过匿名信。我以为只有在墨西哥电影里才有匿名信。我想不到谁会寄这样一封信来，也不知道那人为什么要把信寄到家里，却不寄到部队。不可能是我班上的同学或我姐姐们的某个朋友寄的（他们说阿德丽娜喜欢写匿名信，但我不认为她有胆量和我爸爸玩这套东西）。我认识的人里没有谁有耐心把这些字一个个剪下来，然后再花数个小时的时间把它们粘好。而且有的句子也是我觉得有嫌疑的人绝对不会用的。

我觉得信里的语气有点像系主任，而且他喜欢听广播剧，但是他也不是维拉克鲁斯本地人，又怎么会代表维拉克鲁斯人民发声？不对，系主任也不敢和我爸爸作对，他知道爸爸完全可以一枪解决掉他。尽管我很讨厌他，可我并不觉得系主任会是寄匿名信的人。

——我想啊想，还是没办法相信。也许是我搞错了，是我在胡思乱想。谁知道呢？我去找了坎德拉里亚，期望她能收到安娜·路易莎寄来的信。我从未在图兰不在场的情况下去找过她。由于药房里全是人，她把我领到了柜台角落处，她想讨我开心，说道：

"你对待什么事都那么用心。你应该开心点，好好过日子，别老想着过去。你想什么时候和我谈谈？我可以给你一点建议。"

"随时都可以，看你的时间。咱们再跟图兰约一下。"

"不，什么也别跟他说。就连咱们谈过话的事也不要告诉他。最好还是你和我单独聊聊。你觉得呢？"

"这样啊，行吧，好吧，也就是说……你是他的女朋友，对吗？"

"对，但我们不是必须如影随形。你和我单独见面有什么问题吗？我对你印象很好，你知道吗？图兰人不坏，但军人气息太浓了。你不一样，你又帅，又有教养，也不那么世故。"

"啊，我不知道该怎么回应你。我觉得挺遗憾的。"

"遗憾？为什么遗憾？我的小家伙，要记住图兰归根到底只不过是你的猫咪，是你的仆人。而且虽然你把他当好朋友看，但你压根儿就想不到他是怎么在背后说你和你的家人的。他说你是个小坏蛋，或者小笨蛋；说你的姐姐们又丑又多事；说你爸爸不是个军人，而是个暴君、强盗，说他甚至打军粮的主意，还说他是个喜欢玩弄小姑娘的老色鬼。因为你应该知道……"

坎德拉里亚正要说某些可怕的事情，这时药房主人走了过来，提醒她禁止在上班时间聊天。在走之前她又请求我道：

"往这里给我打电话吧，或者直接去我家找我。你知道我住在哪儿。我家没电话。"

我该怎么办？找她聊还是不找她聊？算了，我为什么要给自己找麻烦呢？而且我既不能背叛安娜·路易莎，也不能背叛图兰。

——"我亲爱的安娜·路易莎：你怎么样？为什么不给我写信呢？我很想你，我很需要你。

请快点回来吧。我需要见你。接受带着我爱意的无数个吻吧。"

我刚把这些话写到一张明信片上（还塞进了信封），图兰就来了，他很神秘地交给我一封坎德拉里亚今早给他的信。我怀疑他俩已经提前看过信的内容了，然后又装好给我。我不应该这么不信任他们。信的内容如下：

亲爱的豪尔赫请原亮我没怎么给你写信但是我在找顾我爸爸，他本来就身体不好，病突然发做了，感谢上帝并不严重，他很快就会痊玉，我很快就会回来。

豪尔赫不能和你在一起让我很难过，我以为你会忘了我，会和其他女生交往，其他女生不会象我一样给你带来这么多马烦。

但最好你并没那么做因为我真的很爱你你想向不到我有多爱你，我想见你想得要死，希望我们很快可以见面。

上帝保右你豪尔赫，我的爱和吻给你，我永远爱你。

我不知道该怎么想。而且，安娜·路易莎是怎么知道我有麻烦的呢？

——应该是这样：风言风语已经传到我爸爸那里了。谁告诉他的呢？内娜发誓既不是她也不是玛丽卡门。我相信她的话，因为内娜很诚实，从不说谎。那么是学校里的什么人吗？不可能，他们在一位将军面前会怕得要死。

我比之前去见系主任时要坚强了许多。爸爸说只要我还由他养着，我的任务就是好好学习和听话。等到我有了工作，自己赚钱了，搞一千个女人都行，尽管那并不算是有出息，他说他对我讲的都是经验之谈（妈的）。他觉得问题主要出在我过于喜爱读书上。他说我不应该读那么多书，不应该从爱情小说和冒险小说里学那些不好的东西，而应该多做体育运动，在学校里考个好成绩。我出生时他的梦想是看着我成为英雄军校的士官生。我彻底让他失望了，他感到非常痛苦。

我爸爸是个好将军，任何事都做得很好，但是在这件事上他什么都没搞懂——他通知我说，从现在开始，在接到新的命令之前，不允许我在没有图兰陪同加监视的情况下去任何地方（！）。

——刚才，我和每天晚上一样从屋顶平台逃了出去，到安娜·路易莎家门口溜达，我看见她和她的继母从一辆最新款帕卡德汽车上走了下来（我难道认不出那辆车吗？）。我成功地在街角躲了起来，她们没看到我。我很好奇那个送他们回家的四十岁左右年纪的老汉是什么人。他帮她们把行李搬下车，在道别时安娜·路易莎给了他一个吻。尽管如此，那个男人却并没有进她们家。

不能和她说话让我感到很绝望。也许明天她就会通过坎德拉里亚给我送来口信。我想去找路易莎，或者至少给她往"纺织品天堂"打个电话，但是她不允许我那么做：她说老板会不高兴，还会扣她工钱。

还有件奇怪的事情：如果说老板这么严格的话，为什么允许她离岗这么久还不找别人顶替掉她呢？安娜·路易莎真是我认识的人里最神秘的一个了。

——最意想不到的事情发生了。安娜·路易莎去了药房，交给坎德拉里亚一个玫瑰红色的小信封，请她托图兰转交给我：

> 亲爱的豪尔赫我收到了你的名信片，谢谢。我希望接下来我要告诉你的事情不会让你向我一样感到痛苦。我的爱人，我很难过，但是没有别的办法，我认为这对我们两人都好。
>
> 豪尔赫我们不能继续在向以前一样见面了，我知道你会知道的，我没办法向你解释，我也找不到什么好的解释。
>
> 豪尔赫我对你一直是真心的我很爱你你不知道我有多么爱你，我很难忘记你，也许你不会向我一样痛苦，你肯定很快就会忘了我。
>
> 献给你最后一个爱之吻。

我僵住了。后来我锁上卧室的门开始像个两岁的小孩子那样大哭起来。现在我试着冷静下来，我很努力地让自己把一切都记录下来。我不能相信，我受不了永远不能再见到安娜·路易莎的想法。

太可怕了，太可怕了。我不知道，我不知道。我什么都不明白。

——前一晚我就像是在地狱中熬过来的。图兰用吉普车送我去了学校，路上我们什么都没说，不过我确信他肯定全都知道了，他肯定也注意到了信封都没粘口——坎德拉里亚没有养成过给信封封口的好习惯。

放学后我又去了安娜·路易莎过去和现在都在工作的地方。我看到了她的朋友们，唯独没看到她。我走上前去，她们有些同情地盯着我，对我说她没再回到店里工作，她们觉得她以后也不会再来了。我生出股冲动来，我想到她家去，但是我找不到任何借口。我不在乎遭受羞辱，我只是想见到她，哪怕是最后一次见到她也行。

对了，一辆和那晚一样的帕卡德汽车停在"纺织品天堂"门口。好吧，安娜·路易莎坐过的那辆帕卡德汽车并非全世界独一无二的。也许只是个巧合。要是怀疑一切看到的东西的话，我肯定会变疯的。

——妈妈没敲门就进来了，刚好撞见我在

哭（我都过了躲在房里哭的年纪了）。她问了些问题，我把事情的来龙去脉都告诉她了。她没有责备我，只是说让我别担心，她知道我和安娜·路易莎约会的事，她没有插手的原因就是想让我多点苦涩的经历。这种事所有人都经历过，所有人都能挺过去。我不该太把它当回事，也不应该为不值得的人伤心难过。青年时期应该是人生中最快乐的日子，除了学习之外，我唯一该操心的事情就是怎么玩乐、怎么交一些对我的未来发展有用的朋友。我很快就会长大，会遇到一个和我的阶级身份相匹配的姑娘，那才是适合当我女朋友的人，而且她也不会像安娜·路易莎一样臭名昭著。

现在的我甚至不像以前那样反驳她了。我连半点捍卫安娜·路易莎的举动都没有做。可怜的安娜·路易莎。所有人都想伤害她。实际上我从来就没了解过她。不过我觉得我是不会再爱上别人了……要是突然之间一切都改变了，安娜·路易莎跑来跟我说她想过了，说她后悔抛弃我了呢？不，我太懦弱了。这种事是不会发生的，我为什么要做这种白日梦呢?

——我已经有好多天、好几周没在这个本子上写东西了。为什么要写呢?有什么意义吗?要是被人看到的话,那人肯定会嘲笑我的。

——我做了个非常奇怪的梦。梦里的我们去了墨西哥城。安娜·路易莎要走了,再也不回来了。她约我到"美丽的意大利"冷饮店去见最后一面。她不可能知道那家冷饮店,因为她从没去过首都。我们约在了下午一点。我是坐有轨电车去的,可是因为停电车在中途停下了。于是我就沿着一条路边栽满树木的大道跑——阿姆斯特丹大道,马萨特兰大道,还是阿尔瓦罗·奥布雷贡大道?——我跑得腿疼,于是找了张长椅坐了下来。突然图兰搂着内娜现身了。

"我们要在教堂里结婚了,"内娜对我说道,"你呢,小家伙,你这么急匆匆的,是要去哪儿啊?可别告诉我安娜·路易莎一直在海边等你啊。"

"当然不是,你们肯定不相信,我是要去看场足球赛。"我回答道。

内娜和图兰继续对我说着话。我因为不能继

续赶往"美丽的意大利"冷饮店而着急绝望。最后我继续跑了起来,却又碰到了一队送葬的人。有个女人身着丧服,那是我妈妈。

"给你生命的那个人就要入土了,你不仅没到墓地去为他哭泣,反倒是跑着去见那个婊子。"

我请求她的原谅,然后继续上路了。我抵达"美丽的意大利"冷饮店时已经是三点钟了,安娜·路易莎已经不在那里了。这时系着围裙的坎德拉里亚出现了,她正在收拾桌子。

"安娜·路易莎等了你很久。她要永远地离开了,而且没说她要去哪儿……"

——我有两个月没有见到她了,从我收到她的分手信算起已经过了六个礼拜了。我不仅没有忘掉她,反倒觉得自己更加爱她了。说这种话会不会显得俗气,对我而言已经不重要了。

——我为她写了几句诗,写得很糟糕,我想销毁掉。她现在在做什么呢?她在哪儿呢?和谁在一起呢?我每天晚上都会去她家附近转悠,可她家一直房门紧闭,漆黑一片。可能她又回哈拉帕去了?还是说她去了墨西哥城?

——最让人难过的是我已经开始屈服了。我想我对安娜·路易莎的爱或早或晚势必会消散，像我这个年龄，肯定没办法和她结婚，我们之间不会有什么结果。而且自从我们不再见面后，一切都风平浪静了。在学校里，同学们又开始跟我说话了，家里人对我也好了起来，我又开始学习功课了，我读了许多书，而且至少据我所知，后来家里也没再收到过匿名信。我不在乎如果我再次和安娜·路易莎走到一起的话，一切会不会回到之前的样子，或者更糟。

——我很担心安娜·路易莎。不能帮助她让我觉得很痛苦。我猜想她肯定过得很不如意，她的生活必将变得非常可怕，可她没有任何过错。其实如果我好好想想的话，或者仔细观察一下我熟悉或只是认识的人的话，就会发现所有人的生活都非常可怕。

——我们留在墨西哥城的东西运来时，我感觉离我们到这儿已经过去一千年了，那些东西里包括妈妈用来保存照片的箱子。我那天没学习也没读书，而是花了几个小时时间欣赏那些照片。

我费了很大力气才辨识出那些许久之前拍的照片里出现的小男孩是我本人。终有一天我会像爸爸妈妈一样变老,那时候所有我经历的事情,包括和安娜·路易莎共度的所有岁月,肯定会比现在看上去更加不可思议,更加让人难过。我不明白我的人生为什么是现在这副样子。不过我也无法想象另外一种不一样的人生会是怎样的。

——现在是十二点半。我今天没去上学。我爸妈今天要过结婚二十五周年纪念日。市长要来吃饭,军区司令也要来,他管辖的区域比我爸爸还要高一级,市议会主席、港口负责人、参议员、工人领袖及代表、警察局长、革命制度党的代表、海关关长和其他数不清的人也要来。

平常都是埃乌瑟维娅准备饭菜,今天不同,今天做饭的是从布伦德斯酒店请来的厨师。我是什么都不会吃的。我再也不会吃东西了。我太软弱了,在我这个年纪竟然还从来都没有把某些人在餐桌上大快朵颐的快乐和他者的苦难与死亡联系到一起过。

我看到了厨师的助手们杀死那些动物的场景,

我被吓傻了。最可怕的还得算他们对待乌龟的方式,或许能与之相比的就只有那些可怜的龙虾的结局了,它们绝望地在盛着沸水的锅里挣扎。我无法想象屠宰场里会是怎样的场面。所以说大家都应该只吃面包、蔬菜、谷物和水果。不过,植物在被人类连根拔起、剪断、切碎、啃食和咀嚼的过程中,真的什么都感觉不到吗?

——我有没有说过我挺喜欢约兰达的?她和安娜·路易莎一样漂亮,也可能比后者更漂亮。尽管我从来没有单独和约兰达聊过天,可是我今天还是非常难过(像个傻瓜一样),因为我同样再也见不到她了。她来和玛丽卡门以及内娜道别,她要去瑞士上学了。她弟弟吉尔伯托也要被送去印第安纳州的柯尔沃军事学院了。她的爸爸在这个即将完蛋的政府执政期间成了大富翁。我们认识的其他许多人也是一样。如果墨西哥大部分人都是穷人的话,这些人又是怎么从他们身上抢来这么多钱的呢?钱从何而来呢?

约兰达对我们说上周阿德丽娜曾经试图自杀,因为人们把她的死敌莱蒂西娅选成了下一届狂欢节的女神。阿德丽娜把头伸进了加热炉,扭动气阀,但是没能点着火。后来她觉得很难受,于是跑了出来,昏倒前在大厅里吐得满地都是。

在遗书里阿德丽娜没有把罪责归到她对莱蒂西娅的嫉妒上面,而是大肆谴责她的妈妈和弟弟对待她的方式。上尉后来打了那女人一巴掌,还狠狠揍了奥斯卡一顿。可怜的上尉,他可真爱阿德丽娜呀。他压根儿没发现他的女儿是头邪恶的凶兽。

约兰达边讲述边表演那个胖女人的悲剧事件时,内娜、玛丽卡门和我一直在笑。不过后来我又后悔了——我也和阿德丽娜一样坏。因为别人受罪而感到开心是不对的,无论我多么讨厌奥斯卡和他姐姐,这样都是不对的,尽管我几乎可以确定那封匿名信是阿德丽娜写的,她算计得很好,想让我们误以为是系主任写的。

——我真是搞不明白人的心理。那天看到那些动物在我家后院被屠宰时我同情它们,可是今天在沙滩上踩碎螃蟹时我又觉得很享受。我踩的不是岩石上的那些大螃蟹,而是沙滩上的灰色小螃蟹。它们奔跑着想要找到洞穴,而我则愤怒又开心地碾压它们。我觉得从某种层面上来看我们所有人都是螃蟹——在某个不经意的时刻就会被某人或某物无情地碾压过去。

——由于我没再跟坎德拉里亚和图兰一起外出,我也就没在意他俩是不是还在一起。图兰和我几乎不说话了。我感觉自己背弃了——除了安东·利萨尔多港那次之外——那个对我很好的人。他应该知道了一些我和坎德拉里亚在药店里谈话的事,所以他也没做出任何要请我去游泳或练车的尝试。

总之,我说这些是因为我今天在有轨电车上碰到坎德拉里亚了。为了聊聊安娜·路易莎的事,我突发奇想邀请她去尤卡坦冷饮店吃东西。到那儿坐下之后,倒是坎德拉里亚先向我问起了她。

"你真的不知道?"我回答道,"我和她分手了,她把我甩了。"

"真的假的?我不相信。"

"可是最后那封信是她托你转交给我的呀。"

"我没读过,我可是个正经人……她真是又蠢又笨又草率,她再上哪儿去找像你条件这么好的人啊。"

"别胡说了,我算什么啊。"

"你可不是普通人,我只是把我想的说出来罢了。"

沉默。我的脸红了。我喝了口罗望子水。坎德拉里亚略带嘲讽地看着我,她好像很喜欢看我局促的样子。

"我得告诉你一件事,豪尔赫。你听好了,你的错误就在于用对待正经女生的方式去对待安娜·路易莎,而没有认清她是怎样的人。我来告诉你她是什么样的人:她就是个臭婊子,她和那些让人恶心的老男人上床,就是为了从他们那里搞点钱。都是她那个醉鬼老爸的错,那个混蛋压根儿就不想干活,还有那个继母,她和安娜·路易莎一起住只是为了帮助她揽客。"

"你听好,安娜·路易莎没对你做过任何不好的事情。你不应该这样说她。"

"啊,你瞧,她对你就像对待一根拖把一样,还用半座维拉克鲁斯城的男人来给你戴绿帽子,可是你还在护着她。啊呀，小家伙，你可真是个好人啊，一个懦弱的好人。真希望所有男人都像你一样。所以我才喜欢你，所以……可是你根本不理睬我。"

"因为……我不知道是不是……不，最好还是等到考试后吧，我最近要学很多东西，我落下太多功课了。一忙完这些事我就联系你。"

"你真的不喜欢咱们一起到我家去吗？"

"我当然喜欢，坎德拉里亚。我会去的，再等等。"

"为什么不能现在就去呢？"

"我发誓我的爸妈现在正在帕罗基亚咖啡厅等我吃饭呢。而且你现在不也得回药店去吗？"

"你不用操心我的事。我自己能搞定。我最清楚我自己的情况。"

"咱们最好还是下周再约，行吗？不过我求你了，什么也别跟图兰讲。"

"放心吧，你那个跟班什么都不会知道的。而且我现在已经厌倦那坨臭狗屎了。我只是还没想好要怎么摆脱他。他真的很讨人厌，哪怕出现再大的奇迹他也不会改变的。他就只会吹牛，没错，他就是那样的。"

我赶在新的麻烦事出现之前付了账，我坚持说我爸妈在帕罗基亚咖啡厅等我（我在撒谎），我还向坎德拉里亚发誓说我会去她家找她。这次谈话不仅没能让我开心点，反而使我更难受了。所有的事都很不公平：我爱的人拒绝了我，而我则很嫌弃喜欢我的人。也许这么想只是在自欺欺人。坎德拉里亚真的会喜欢我吗？还是说她只是想利用我来摆脱图兰？她说的关于安娜·路易莎的话自然全都是假的，是彻头彻尾的谎言。为什么所有人都要这样折磨她呢？

——我有几个星期什么都没写了。现在开始我要把落下的部分补上。我刚刚经历了一些可怕的事情。最好还是按照时间顺序把它们记录下来。明天是革命纪念日，我们不上课，我的成绩提高了，所以我请求他们允许我去看自由式摔跤比赛。他们允许我去，但前提是图兰必须陪着我。这样的安排也拯救了我，我也没有别人可以说话了。

迪亚斯·米隆电影院被布置成了摔跤场，我

们在售票处买了第五排的座位。热身赛都很无聊，上台的都是些无名之辈。压轴的是"黑山"比尔——我在墨西哥城电视上看摔跤比赛时的偶像——和"红屠夫"，恰好是我最讨厌的选手。

比尔在第一回合中占尽了优势，尽管裁判老是偏袒对方，比尔还是凭借几个完美的飞踢和尼尔森双击赢了下来。在第二回合中，"红屠夫"用尽了卑劣手段，把"黑山"打了个半死。在第三回合和最终回合时，全场观众都给那个不守规矩的家伙喝倒彩，然而图兰是个例外，我认为他为"红屠夫"加油的做法只是为了让我不快。

"黑山"摔出了比赛区域，头撞在了台边区的椅子上。"红屠夫"抓着头发把他提了回去，接着是一记锁喉，随即把他摔到了立柱上，"黑山"的额头上立刻多了道伤口。满脸是血的比尔反击了：几记剪刀腿和飞身踢，直接把对手踢出了护栏。他们在离我很近的一条走廊上激烈交锋起来。裁判要求他们返回比赛区域时，已经有许多观众开始动手帮助"黑山"了。

回到比赛场地对比尔而言是场灾难。蒙着面

的对手又把他击到了立柱上，他的伤情进一步加重了。看到他鲜血淋漓的样子，我感到十分愤怒。由于裁判没有理睬观众们的喊叫声，我直接把正在啃着的嫩玉米棒扔进了场内，刚好砸到了"红屠夫"的头上。

回过神来的观众们纷纷冲我鼓掌。但是那个无耻之徒捡起玉米棒，冲着比尔的眼睛戳了下去，他这么做时显然怒火冲天，比尔没被戳瞎已经是个奇迹了。此时，刚才还在给我鼓掌的观众又开始辱骂我了。"红屠夫"用一记抱摔把"黑山"扔出场外后，情况就更糟糕了。

人们纷纷把坐垫和纸杯扔向那个坏蛋。他们赶忙把比尔送医，有人念叨说他快不行了。就在那时，几个码头工人模样的家伙冲我走了过来，想要打我，他们叫嚷着说我是坏蛋，还说我和"红屠夫"是一伙的，我必须为英雄之死负责。他们大概有十到十二个人，看那架势想把我搞死。突然图兰跳到了我身前，他掏出手枪，喊道：

"想伤害他得先过我这一关，你们这些婊子养的东西。"

谁知道要是警察没有及时赶来从人群中把我们救走的话会发生什么呢？他们本想把我们关进监狱，但是图兰亮出了身份，解释了事情的前因后果，还告诉了他们我是谁，或者准确地说我爸爸是谁。于是我们就在警察们的护送下、在充满憎恨的目光和喊叫声中离开了那里。

我们在观众的咒骂声中上了吉普车，图兰给了警察们五十比索，然后对我说道："你得自己把钱还给我。因为长官是不会知道你刚才遇到的麻烦的。"

在回去的路上他对我说我刚才的做法十分愚蠢——我们只是观众，不应该帮助任何一方。我没回答他，因为我当时还惊魂未定呢。真是个可怕的夜晚。

——这是我最后一次在这个日记本上写东西了。我在这里记录的都是些灾难，有什么意义呢？不过我还是要把它们写下来，为的是许多年后能再回过头来读它们。也许到了那时候我就能尽情嘲笑此时在我身上发生的事情了。今天发生的事让我十分痛苦，也让我觉得难以置信。我就像是被麻醉了一样，我眼中的所有事物都像是隔着层玻璃。

我独自一人去寻觅灾难，我又有什么时候不是孤身一人呢？今天不上课，因为今天是鲁伊斯·科尔蒂内斯就职的日子。我不知道自己为什么又是怎么会想到要去莫坎波的。没人陪我，我在学校里没有朋友。爸爸已经乘飞机去墨西哥城了，他得出席政府更替仪式，他把吉普车借给了今天休假的图兰。我也不能开那辆别克车，因为妈妈、内娜和玛丽卡门开着它到特拉科塔尔潘出席一个为穷人家的孩子们举办的活动去了。

我在海滨住宅区上了长途车，我排到的是晒着太阳的一侧的座位。尽管已经十二月了，可是天气依然十分炎热。下车后我就到海滩边的摊位处买冷饮。我坐了下来，要了杯可口可乐，还加了片柠檬，我准备在那里把《逃亡二十五小时》读完（独自出门时我总是会带上书或杂志）。

我完全沉浸在阅读中，刚开始时根本没留意到坐在后面桌子旁的两个男人。他们大概喝了十杯自由古巴，面前吃剩的牡蛎壳已经堆成了小山。

他们谈论着女人,还抱在一起喊叫着些醉话。我回头看了一眼,然后就惊呆了:那两人竟然是"黑山"比尔和"红屠夫"——后者尽管没戴面罩,可是我能从身形上把他辨认出来。所以说那场比赛也是个骗局?摔跤场上不共戴天的仇敌在实际生活中其实是要好的兄弟?

他们压根儿没看我这个差点为了他们的比赛被人打死的傻瓜。"黑山"的眼睛和额头上根本就没有伤口,我特别想起身质问他。我差点因为他被打死,而他此时却和"仇敌"一起喝得烂醉。

我站了起来,决心再也不看自由式摔跤比赛,再也不买体育杂志了。最精彩的一幕还未到来。在入水前我先要在沙滩上的木麻黄丛中找个地方把衣服和书放下。我正要脱裤子的时候却突然看到两个穿着泳衣的人手牵着手走了过来:安娜·路易莎和图兰。

他们没有看到我,依然继续向前走着。安娜·路易莎躺到了海岸边的沙滩上。所有人都能看得见她,她就像是在展示自己的肉体一样,图兰跪在她的身边,开始给她往背部和腿上涂抹防晒油。

他还借机吻了她的颈部和嘴唇。

我浑身发抖,却一步也迈不出。我不相信自己看到的这一切。那是一场噩梦或一部糟糕电影的结局。在这个世界上应该不会发生太多这样的事情吧,或者我今天遇见的情况不该在同一天内出现吧。它们对我而言过于沉重了,可它们又如此真实。就在那边,就在离遮住了我的身影的木麻黄丛几米远的地方,穿着比基尼的安娜·路易莎正在所有人的眼皮子底下和图兰调情;而在我身后的冷饮摊位上,"黑山"比尔和"红屠夫"正在肆意嘲笑那些往自由式摔跤比赛里投入了真实感情的蠢蛋们。

我应该尽快离开。如果我不走的话,在震惊和绝望之上就要再加上荒唐了。离开那里,除此之外我还有什么能做的呢?在明知图兰三拳两脚就能把我打垮的情况下还去和他拼命?谴责安娜·路易莎也毫无意义——她已经明确表示过要和我分手了。我又有什么理由感觉自己被她、图兰和"黑山"背叛了呢?安娜·路易莎没求我爱上她,"黑山"也没让我在"红屠夫"面前捍卫他。

是我自己没有发现一切都是假的,都是在演戏,别人是没有过错的。想到坎德拉里亚对我说的话可能是真的,我的身子抖动了一下。不管怎么说,和我在一起时的安娜·路易莎总归是真诚的。

这些都是我在心里想的,为的是给自己打气。因为我长这么大还从未像此时一样绝望,我觉得自己被羞辱了,可我本人又是那么懦弱和愚蠢。我想要立刻复仇。我用身上仅剩的比索搭了辆出租车,去了坎德拉里亚家。

我空手敲了敲她家的房门,因为没有门铃。没人出来开门。我正要离开时,门上的气窗打开了。我看到了一张长着大胡子的脸,那人明显面色不善,他穿着衬衫,满头大汗,头发凌乱。那家伙是坎德拉里亚的继父,当然他和她的关系也并非如此简单。他怒气冲冲地瞅了我一眼,用最粗鲁的方式冲我喊道:

"你要干什么,小兔崽子?"

我依旧表现得十分懦弱,问道:

"抱歉……坎德拉里亚在家吗?"

"不,她不在,而且以后也不会回来了。你找她干什么?"

"啊,没,没什么……请您原谅……也就是说,对……您瞧,图兰让我给她捎个口信来……图兰是她的男朋友。好吧,谢谢。您别操心了,我还是明天去药房找她吧。"

大胡子猛地把气窗关上了,整个门都被震得晃了晃。我所谓的复仇可真是个笑话。我想如果今天我继续在街上游荡的话,指不定还会被陨石砸中呢,也可能被海啸吞没,什么倒霉事都有可能发生。

我步行回到家,特别想大哭一场,但是我忍住了,我想把它们全都忘掉。不过我还是决定先把它们都写下来,保存下来,看看是否会有那么一天,今天这些让我觉得难过的事情会在那时变得惹人发笑……可是谁知道呢?因为按照我妈妈的说法,现在正是我"人生中最快乐的日子",如果真是这样的话,未来又有什么可期待的呢?妈的。

冥
河

献给帕罗玛·比耶加斯

现在是下午五点钟,雨已经停了,配上周日潮湿模糊的光线,整个世界都显得空荡荡的。女孩走进咖啡馆。两对中年情侣和一个带着四个小孩的父亲观察着她。由于害羞,她匆匆穿过大厅,在最左侧找了张空桌子坐了下来。有那么一瞬间,在穿透了落地窗的阳光的照射下,大家只能看到她的轮廓。服务员走过来后,女孩要了杯柠檬水,然后打开笔记本,开始在上面写东西。如果说她在等待某人的话,那么随时可能到来的那人就会打断她,如此看来她应该并非在等人。店里的音乐声开得不大。暂时也没人聊天谈话。

服务员端来了柠檬水,她说了声谢谢,往长长的杯子里加了块糖,又用搅拌勺搅动了几下,帮助它溶解。她尝了口杯中酸甜的液体,然后又集中注意力,继续用红色圆珠笔写着。她在写日记,信件,学校的作业,一首诗,还是一个故事呢?根本不可能搞清楚,也不可能知道她为何孤身一人在首都,又在1966年5月的一个周日下午没有其他地方可去。很难估算她的年龄:十四岁,十八岁,或二十岁。匀称娇美的身材、栗色的长发、有点细长的眼睛、孤独又天真的气质和那种藏着某种秘密之人的忧郁感给她增添了许多魅力。

一个和她差不多年纪,或者比她大一点的年轻小伙在露天座位上坐了下来,和厅内隔着一扇落地窗。他呼唤服务员,点了杯咖啡。他观察着室内的情况。他的目光在空荡荡的空间里和沉默的众人间来回打转,又在女孩那里停留了片刻。仿佛是感觉到了什么,女孩抬起了头,可是她又立即低下了头,继续专注地写着。厅里已不再昏暗,灯刚刚被打开了。

微弱的灯光中,她又抬起头,寻觅到了小伙的目光。她晃动着搅拌勺,溶解着沉在杯底的糖。他尝了口咖啡,观察着女孩,发现她也在看着他时,他笑了笑,然后又把头朝街道的方向扭了过去。

表露与隐藏，他们似乎很喜欢玩这种游戏，它使他们觉得兴奋，于是在接下来的一刻钟或二十分钟的时间里，他们又重复了几次同样的动作，其中只有些许细微的差别。最后他直直地望着她，又一次露出了笑容。她则依旧在努力掩饰自己的恐惧，也在掩饰着某种秘密，正是它阻碍着她去和小伙进行正常的接触。

落地窗映着她的形象，模仿着她的动作，毫无质感地复制着她。雨又开始下了，雨珠经风一吹，纷纷打落在露天座椅的遮雨棚上。在发现自己的衣服有些潮湿时，年轻小伙显得有些不安，他想离开了。此时她从本子上撕下了一张纸，在上面写了几行字，然后焦虑地望向那个陌生小伙。搅拌勺撞击着长杯子的杯壁。服务员走了过来，拿到了那张纸，看了看开头几个字，后退了几步，脸色变得有些奇怪，他愤怒地说了些什么，然后就像是某个刚刚受到冒犯却高傲以对的人那样走开了。

服务员的喊叫声引起了所有在场之人的注意。女孩脸红了，她不知道该躲到哪里去。年轻小伙呆呆地注视着那个意料之外的场景——本来该有另一种合理结局的。没有支持,没有鼓励,没有朋友们期许的目光,在这种时候羞耻感往往会持续折磨那个女孩,不过这次她战胜了它,她站了起来,把几张钞票留在了桌子上,然后离开了咖啡馆。

他盯着她,她在经过露天座位时没有看他,他愣了一会儿,然后反应过来了些什么,他敲了敲落地窗,示意服务员他要结账。服务员取走了女孩留在桌子上的钞票,走向收银台,和负责收钱的女人聊了很长时间。年轻小伙终于拿到了账单,他付了钱,然后冲进了那个被雨水遮蔽得阴沉昏暗的世界。他站在所有街道交会的地方,朝四面八方一一望去。他没能找到她。周日结束了。黑夜笼罩住了整座城市,也永远隐去了那个女孩的身影。

你是不会明白的

过街时她拉起了我的手。我感觉到她的手掌湿漉漉的。"我想跟你在公园里玩一会儿。"她对我说道。

"不行,咱们得回家了。你妈妈在等着咱们呢。你看吧,外面都没有别人了。所有的小孩子都已经睡觉了。"

信号灯变了颜色。车子加速启动了起来。我们跑到了靠近公园一侧的人行道上。茂密的青草和树叶散发出的新鲜气息消解了空气中呛人的汽油味。残留的雨水要么蒸发掉了,要么就是被大地吮吸干净了。

"会长出蘑菇来吗?"

"我觉得明天就能长出来。"

"你会带我来看吗?"

"当然会,不过你必须赶紧睡觉了,这样你才能早早地起床。"

我们快步走着,小姑娘做了极大的努力才勉强跟上我的步伐。突然她停住了脚步,抬起头来望着我,深吸了口气,有点害羞地问我:

"爸爸,精灵是真实存在的吗?"

"啊,它们只存在于故事里。"

"那么女巫呢?"

"也一样,只是在故事里才有。"

"不对,我在电视上见过女巫,我当时特别害怕。"

"为什么要害怕?电视上演的也大多都是些故事,那些故事里也会出现女巫,这是为了让女孩们开心,而不是为了吓唬你们。"

"也就是说电视里演的全都是假的喽?"

"不,也不能说全都是假的。其实是……我该怎么给你解释呢?你是不会明白的。"

天黑了。天空上堆满铅灰色的云。垃圾箱里的丢弃物将会渐渐腐烂。伴着远处有轨电车的响声,我们还能听到雨珠从树枝上流动滑落的声音。我们为去地铁站而抄了近道，因而必须穿过树林中的一片空地。远处有座明亮的时钟在指示时间、温度和日期。我没想过那一天是1967年9月7日。又是永远都回不去的独一无二的一天，我心里想。

就在那时我们听到了喊叫声。十个或十二个小男孩围住了另一个小男孩。那个被围困的孩子背靠在一棵树上，充满恐惧地看着他们，然而他既没有逃跑也没有求饶。

"他们在干什么？"

"在打架。咱们走吧。"

我感受到了她的手指紧扣我手的力度，那仿佛是对我的一种责备。她也看清楚了局势。我必须要照顾好她。此时的她对我而言既是免责证明，又能帮助我抵御恐惧，还会让我不至于感到自责。他们扑向了他。我们没有离开，而是呆立在原地。她把手捂到了脸上，透过指缝我还能看到她那张处于阴影中的涨得通红的脸。我大喊一声，让他们住手。他们中只有一个人转身望向我，他的神情既是种威胁，同时又透着股轻蔑。

她的眼睛一眨也没眨,只是聚精会神地观察着此时的局势。那个男孩已经被击倒了,所有人一起踢打他。有的用脚踩,有的扇耳光。我想对自己说:你要保护好你的女儿,别管闲事,何况你也阻止不了他们。

"跟他们说让他们别这样。"

"咱们走。快走。"

其他人跑远了,消失在了公园树林中。我们对他们来说如此无足轻重,他们连恐吓我们的举动都懒得做。我感到一阵轻松,希望女儿能认为是我把他们吓跑的。

现在安全了,我们走了过去。那个被打的男孩也挣扎着站了起来。他的鼻子和嘴巴都在流血。我对他说道:"请允许我帮助你。我会把你送去……"

他盯着我,没有答话。他用格子衬衫的衣角清理了血迹。我给他递去一张纸巾。他没有拒绝,可是在他的眼神中也透着股同样的轻蔑。我在小姑娘的目光中捕捉到了一种难以定义的恐惧。那两种眼神又都流露出遭受欺骗的感觉:就好像我刚才背叛了他们两人。

男孩什么也没说，他转过身去，背冲着我们，然后拖着受伤的脚沿着潮湿的土地走远了。有那么一刻我感觉他就要摔倒了。但是他依然在前进，直到在树林中消失不见。小姑娘和我静静地对视了一下。

"现在咱们可以走了。"

"既然他什么也没对他们做，他们为什么要打他呢？"

"我不知道，可能就只是为了打架。"

"可是另一边人太多了啊。他们是坏人，对吗？"

"他们做的事情是不对的。"

我感觉公园似乎没有尽头。我们好像永远也无法抵达地铁站了，我们再也回不了家了，小姑娘肯定会不停地问我各种问题，而我则将不断把无用的答案抛给她，我在她这个年龄也经历过这些。

"也就是说那个被其他人打得流血的男孩是好人咯？"

"对，怎么说呢，我也不知道。"

"难道他也是坏人吗?"

"不,其他那些是坏人,因为他们不应该那么做。"

最后我们找到了一个警察。我试着给他解释刚才发生的事情。小姑娘总是插话来帮助我,她用简短的话语就把事情全都描述清楚了,而且比我讲得还要好。

"没办法。这种事已经见怪不怪了。您没插手是个正确的决定。那些人很危险。他们都带着武器。他们说这个公园只属于白人,所有进去的黑人都要付出代价。"

"怎么能这样呢?所有人都有从这里经过的权利。"

"您是认真的吗?这个区之前也有人说过类似的话,可是后来他们既不允许黑人进他们的家门,也不允许黑人在他们开的酒吧里入座。"

他亲切地逗了逗小姑娘,再也没说什么就走远了。我感到很冷也很疲惫,我想闭上眼睛。我们走到了公园的出口。三个黑人小伙子和我们擦身而过。从来没人像他们那样看我。我看到他们手里拿着弹簧刀,我以为他们就要袭击我们了。但是他们走远了,走进了林子。

"他们要干什么呀?"

"他们想让发生在刚才那个小男孩身上的事情不要再次上演。"

"为什么人们总是要打来打去的呢?"

"我也解释不清楚。这很难解释。你是不会明白的。"

我蹲了下去,给她扣好大衣上的扣子。我轻轻抱住她,既亲热又恐惧。我们走进了地铁站。似乎有团乌云笼罩住了我们。公园在城市中不断扩张,这里很快就将重新被丛林占据。

女囚

献给约翰·布鲁斯伍德

早晨六点时,剧烈的震动似乎要将整个村子连根拔起。我们跑到街上,十分害怕房子会塌。后来我们又担心大地会裂开一道缝隙,把我们都吞进去。震动平息后,我们的妈妈们依旧在祈祷。有人说地震会卷土重来,而且威力还会更大。我们以为既然大家如此焦虑,那么我们肯定不必去上学了。我们还是上学去了,比平时到校的时间晚了两小时,可其实我们压根儿就没有上课:我们只是交流着彼此的经历。

"1934年的时候,"老师说道,"流传着许多迷信的说法,你们肯定想象不到那些说法让你们家里的大人们感到多么害怕。今早发生的事情并不是神的惩罚。只不过是个自然现象罢了,是地壳运动的结果。通过地震的事我们就能看清楚新东西远比旧东西要好得多。你们都能看到,在地震里面受损严重的基本都是殖民时期的建筑。那些现代建筑则经受住了考验。"

我们在各自的父母面前复述了老师的观点。他们认为这证明公立学校是在通过这些说法来使我们背弃信仰。下午,一切恢复正常之后,我和好朋友吉列莫、塞尔希奥见了面。吉列莫提议我们到修道院废墟去探险。我们早就想去那里玩了,尤其想藏到里面的单人牢房中去。修道院是1580年时在山顶建成的,人们想从那里掌控生产谷物的谷地。十九世纪时胡亚雷斯政府把它征用了,法国人入侵期间那里又变成了军营。由于战略位置过于重要,革命战争时期那里遭受到了轰炸,1929年反取缔教会战争时期被彻底废弃。没人敢靠近那里,"那儿太吓人了",大家都这么说。

尽管如此,我们却总是把深入探索那里当成冒险游戏,可是在那之前我们一直不敢在晚上到那里去玩。正常情况下,在那个时间跑到那所修道院里去肯定会让我们吓破胆。不过那天下午发生的一切都难以解释,我们只是觉得好玩。

我们穿过河流和墓地之间的草地。垂到西边的太阳照着墓碑。我们没有走那片被汽车和骡车摧残得不成样子的斜坡,而是走了条我们惯抄的近道。我们爬上另一个陡坡,后来由于坡度过大,我们几乎是紧贴着坡面前进的。没人敢扭头看,因为高度会让我们感到头晕目眩。可是我们每个人都在默默地坚持着,我们想证明其他两个人才是懦夫。

到达山顶后,我们没时间欣赏修道院外墙上新添的裂纹。这片废墟又一次战胜了彻底摧毁它的企图。唯一一件奇怪的事情是地上有大量蜜蜂的尸体。吉列莫用手指夹起一只,然后又走到我们身边。中央庭院不断被杂草和荆棘丛侵蚀。朽掉的房梁从墙壁裂缝中伸了出来。

我们沿着盖满苔藓的走廊向里走去。潮湿气息和硝石抹掉了这个古老的回廊给人带来的一切清凉感,它还曾被用作矿工们吃饭的地方。我们每向前走一步,心中的恐惧就更盛一分,可是我们都不敢承认这一点。

我们觉得回廊比修道院中的其他地方受损更

严重。我们沿着破损的台阶上了楼。天已经黑了。外面开始下雨了。雨水敲击着多孔的石块,不断发出回响。夜的声音慢慢在周边响了起来。光线在黑暗中扩散,风在低吟。我们只带了一个手电筒,那是吉列莫从他爸爸那里借来的。

塞尔希奥从窗户探出头去,他说墓地那边有很多火球。我们都发起抖来。远处传来阵阵雷声。几只蝙蝠飞离房顶,它们扇动翅膀的声音在穹顶回荡。我们撒腿就跑。我们下到一半楼梯时又被塞尔希奥的喊叫声吓了一跳。吉列莫和我返回去找他。我们看到他缩在阴影中发抖,还指着一间单人牢房。我们搀扶着他的胳膊把他架了起来,我们不再掩饰自己的恐惧了,不过我们还是往他一边从嗓子里发出咕噜的声音一边用手指着的那个地方走去。

走进那个房间后,塞尔希奥挣脱了我们。他拔腿就跑,逃走了,把我们两人留了下来。吉列莫打开了手电筒。我们发现地震震倒了一面墙,一片埋骨地暴露了出来。借助手电筒的光线,我们能在头骨和骨骼之间辨识出一个被捆绑在金属椅子上、穿着黄色大褂的女人：那是一具被风干的尸体，她的躯体流露出无尽的平静和永恒的静止。

我感到恐惧游走于全身。我不知道是怎么做到的，不过我在一瞬间战胜了恐惧，朝着死者走了过去。吉列莫嘟囔了句什么，想要阻止我。我走到埋骨地里，一直走到死者身前，她的面孔已经模糊不清了，我伸出几根手指，用指尖触碰了一下她的额头。我用的力量极小，可哪怕如此，她的整个身体也立刻垮了下去，变成了覆盖在金属椅子上的一摊灰尘。

仿佛整个世界都随着那个女囚化为了灰尘一般。我好像听到了一声压抑了几个世纪的巨响。天地在我眼前旋转了起来。我以为秘密被揭穿后，修道院就要在我们面前垮塌了。我被吓得呆立在原地。吉列莫反应了过来，把我从那里拉了出来，我们冒着坠亡的危险飞速奔下山去。

我们在山坡上遇到了我们的父母和其他一些出来找我们的人。他们已经听依旧在发抖的塞尔希奥讲述了事情的经过。有几个人还想过爬到废墟上去。桑蒂延神父把我们带去了他的教堂，用圣水给我们划十字。吉列莫的妈妈则给我们灌草药水和玉米茶。

一个半小时后,那些爬上山到修道院里查证我们讲述之事的人们回来了,大家在圣器室碰了头。老师试图找到某种合理的假设来说服全镇的人并羞辱神父。地震,他坚持说道,暴露出了一个古老的地下墓穴,里面的人骨早就差不多腐朽殆尽了。根本没有什么风干的尸体。当然了,墓穴里出现一把金属椅子的事确实有点奇怪,但很可能是负责管理墓穴的神职人员留下的。没有什么被我一碰就散的尸体,都是我们的想象罢了,因为我们当时太害怕了,毕竟那个地方很黑,而且还流传着许多没有历史依据的传说。我们的幻觉,他总结道,是合情合理的,每个人在由地震造成破坏的房间里都会感到极度不安。

解释是无用的,人们只是开着玩笑,安慰我们。我一整晚都没合眼。那具被我轻轻一碰就化为尘埃的尸体的样子不断浮现在我的脑海中。在所有那些问询者中只有桑蒂延神父没有威吓我们,而是接受了我们的说法。他说我们为镇子里的一桩传奇罪行画上了句号，人们认为那样对待她只是为了复仇，尽管没人能搞清楚那件事的真相是什么。

那具在我的触碰下瓦解掉的尸体属于一个在十八世纪被灌下麻醉药的女人。当她再次睁开眼睛时，她发现自己被关到了一个地下墓穴之中。她是在焦虑、饥渴、无法从那把我们在一百五十年后找到的椅子上离开的状态下死去的。她是镇上一个官员的妻子。她被控犯下了两种重罪：和修道院里的一个修士通奸，还把他们生下的男孩扔进了井里。

吉列莫问当时的人是如何惩罚那个修士的。

"他被发配到菲律宾去了。"桑蒂延答道。

"神父，您不觉得这很不公平吗？"我大胆地问道。

"也许也应该严惩那个修士。尽管我不赞同把她关到那里去的做法，可是你们也不要忘记德尔图良*说过的话：'女人是魔鬼的大门。她把邪恶放

---

* 德尔图良（Tertullian，约160—约225），古罗马基督教神学家，他的著作对西方神学影响极大。

入天堂，把天堂变成满是泪水的谷地。'"

时光飞逝。1934年的那些男孩子如今已经长成了大人，我们也分散了。我在镇子上的生活永远结束了。我再也没回去过，也没再见过塞尔希奥或吉列莫。但是每次地震都会让我感到无比恐惧。我总感觉大地会把藏在它体内的尸体送到我的眼前，借我之手给他们带去宁静的结局和又一次死亡。

沙漠中的战斗

过去属于另一个国家。在那里，人们做事的方式是很不一样的。

——L. P. 哈特利,《幽情密使》

1　旧世界

我还记得，我不记得了：那是哪年发生的事呢？超市已经有了，但是还没有电视机，人们只能听收音机：卡洛斯·拉罗克斯*的冒险故事、人猿泰山的故事、独行侠的故事、早起者栏目†、优

---

*　卡洛斯·拉罗克斯是拍摄于1959年的墨西哥电影《卡洛斯·拉克罗斯的冒险》(*Las aventuras de Carlos Lacroix*) 中的人物。
†　墨西哥的一档儿童广播节目。

秀儿童栏目、墨西哥街头传说、"潘塞科"*的广播剧、I.Q.博士的故事†、知心护士在她的心灵诊所里经历的事。帕科·马尔赫斯托解说斗牛，卡洛斯·阿尔伯特解说足球，"魔术师"塞普迪恩讲解棒球。战后生产出来的第一批汽车满大街跑：帕卡德、凯迪拉克、别克、克莱斯勒、水星、哈德森、庞蒂克、道奇、普利茅斯、德索托。我们去看埃罗尔·弗林和泰隆·鲍华拍的电影，或是赶上午场看大片：我最喜欢的是《蒙戈星危机》。当时流行的歌曲是《没有你》《街头乐队》《小母驴》《傻瓜》和《亲爱的小宝贝》。那首波多黎各博莱罗舞曲的旋律飘荡在大街小巷中："天啊这么高，海呀那么深，我对你的爱如此真，冲破一切藩篱我奋不顾身。"

那年小儿麻痹症大流行，学校里随处可见戴着矫形器的孩子；那还是口蹄疫大流行的一年，数

---

* 系墨西哥广播剧主持人阿图罗·曼里克（Arturo Manrique）的艺名。
† 一档广播节目，后来被改编成舞台剧，曾在墨西哥城中数家剧院上演。

万头家畜被宰杀；那年降水也特别多，市中心又一次变成了湖泽，人们不得不踏着板子在各条街道上穿行。大家都说再来一场暴雨的话，排水管就会全部爆裂，首都就会被淹没了。那又怎样呢，我哥哥回应道，自从米格尔·阿莱曼执政以来，咱们不早就被淹进粪坑里了吗？

到处都是总统先生的脸：巨大的画像，经过粉饰的肖像，无处不在的照片，还得算上数不清的唱赞歌式的漫画和纪念碑。米格尔·阿莱曼就像天父一样成了进步的象征。在公共场合全都是赞美和恭维，可是私下里大家却议论纷纷。我们在纪律本上写了上千遍下面这句话：我应该听话，我应该听话，我应该听爸爸妈妈的话，我应该听老师的话。学校里教我们祖国的历史、官方语言和墨西哥城的地理概况：河流（那时那里还有河流），山川（那时还能从那儿看到山）。那是旧世界。大人们总是自负地抱怨着：改变，交通，噪音，犯罪，道德败坏，人口过剩，遍地乞丐，外来人口，贪污腐败，少部分人越来越有钱，其他人则在悲惨的生活中沉沦。

报纸上说：全世界都在经历烦躁期。末日大战的幽灵徘徊在地平线上。蘑菇云就是我们这个时代阴暗的象征。不过还是有希望的。我们的课本上信心十足地写着：墨西哥的地图是丰饶杯或丰饶角的形状。到了难以想象的 2000 年时，我们的国家必将变成富裕繁荣的国家，不过课本上并没有指明我们要怎样做到这一点。课本上还说，到了那时候，墨西哥的城市全都会干净整洁，这个国家将不再有不公、贫穷、暴力、堵塞和垃圾。每个家庭都能住上超级现代化的、流线型的（这是那个时代的流行词）房子。墨西哥人什么都不会缺。工作都由机器来做。街道上将到处都是树木和喷泉，汽车既不会排放尾气也不会发出噪音，更不会发生碰撞。这里将变成人间天堂。乌托邦终于变成了现实。与此同时,我们也在适应现代化潮流,我们在日常说话时更多地用到了一些乍一听像是"叮当"*电影里的西班牙语式英语词汇，不过后来

---

* 指墨西哥演员赫尔曼·巴尔德斯（Germán Valdés, 1915—1973），"叮当"为其艺名。

不知不觉它们就带上墨西哥味儿了：三克油，欧凯，我吃着埋汰，杀他啊噗，骚里，弯眸门特普利斯*。我们开始吃汉堡、派、甜甜圈、热狗、奶昔、冰激凌、人造黄油和花生酱了。我们也不喝姜汁汽水、鼠尾草饮料和柠檬水了，大家都改喝可口可乐了。当然穷人们还是喝特帕切酒†。我们的家长一开始觉得"高球"威士忌有股药味，后来也就慢慢适应了。我听叔叔胡里安说过，在我家是严禁喝龙舌兰酒的。于是我也就给来我家做客的人倒威士忌：是该改改墨西哥人的口味了。

2 战争的灾难

我们在课间休息时会吃一种后来再也见不到了的奶酪饼。我们玩游戏时会扮演两拨人：阿拉伯人和犹太人。当时以色列刚刚建国，还在和阿拉伯国家联盟打仗。真正的阿拉伯裔小孩和犹太裔

---

* 分别对应：Thank you, Okey, What's the matter, Shut up, Sorry 和 One moment, please。
† 用龙舌兰汁、菠萝等制成的饮料。

小孩要是见了面，只会互相辱骂或者直接动手打架。我们的老师贝纳尔多·蒙德拉贡对他们说："你们都是在这里出生的，你们和其他同学一样都是地道的墨西哥人。不要继承仇恨。在发生过这么多的事之后（无尽的屠杀，集中营，原子弹，成百上千万的死者），明日的世界，或者说你们长大后的世界，应该是和平的，那里不应该再有任何丑行和罪行。"后排传来一阵笑声，蒙德拉贡十分难过地看着我们，他经常问自己：多年之后，这个班里的学生会变成什么样子，我们还要经历多少痛苦和灾难？

直到那时，奥斯曼土耳其帝国还依然像死去的星星一样持续散发着光芒：对我这样生长在罗马区的孩子而言，阿拉伯人和犹太人都是"土耳其人"。和吉姆比起来，那些"土耳其人"倒不让我感到奇怪了。吉姆出生在旧金山，可以流利地说两门语言；彻也是班上的怪人，他是在给日本人搞的集中居住点里成长起来的；此外还有佩拉尔塔和罗萨莱斯。他们都有奖学金，不用交学费，他们住在医生区周围那些吵闹的住宅区里。当时慈爱路还不叫夸特莫克大道,乌鲁埃塔公园也还是罗马区和医生区的分界线之一。罗米塔当时还是个偏僻的小村子,口袋人或拐小孩的人*就徘徊在那里。小朋友,要是你敢到罗米塔去的话,坏人就会把你抓走,把你的眼睛抠出来,再剁掉你的手,剪掉你的舌头,让你到街上乞讨,讨来的钱都归口袋人所有。白天他是个乞丐,晚上就会摇身一变成为优雅的百万富翁,这些都是靠剥削那些受害者得来的。我们都很害怕靠近罗米塔。哪怕只是坐在电车上经过科约阿坎大道上的桥,听着钢轨和枕木发出的声音,都会让我们紧张不已。桥下是那条肮脏的慈爱河,有时候一下雨河水就会泛滥。

在玩中东战争之前,班上的同学最喜欢的游戏就是骚扰彻。中国佬,中国佬,日本佬:去吃大便味道好。啊呀,彻,快生气嘛,看来我得再多骂你几句。我从来没加入过嘲讽彻的行动。因为

---

* 口袋人是西班牙语国家民间传说中的人物,传说他会把落单的小孩装进随身背着的大口袋里拐走。

我曾经幻想过，如果换成是我在东京的学校上学，我是班里唯一一个墨西哥人，而大家却这样对待我的话，我会是什么感觉。当时有很多影片，里面的日本人都像表情夸张的猿猴一样，而且总会大批大批地死去，彻看到那些电影的时候是多么难过啊。可他却是班里最好的学生，每科的成绩都是优秀。他总是捧着本书学习。他懂柔道。有一次他终于忍无可忍了，不一会儿就把多明戈斯制服了。彻要求他跪地道歉。从那以后就没人再敢惹彻了。现在他领导着一家日资工厂，手下有四千个墨西哥"奴隶"。

我是"伊尔贡"*的人。我要杀了你：我是阿拉伯国家联盟的人。沙漠中的战斗开始了。我们这样称呼那种游戏是因为我们是在一个红土院子里玩它的，而且地面上还覆盖着火山灰或是砖灰，院子里既没有树木也没有植物，只是在深处摆着一箱水泥。旁边还有条隐蔽的小道，大概是在取缔教会运动时期人们返回位于街角的家中或是逃

---

* 二十世纪上半叶犹太人建立的恐怖主义组织。

到另一条街上时使用过的。我们把地下室都看成史前遗迹。不过现在回想起来，在我们的记忆里，似乎我们的童年生活要比反取缔教会的斗争更加遥远。我妈妈的家族也参与过那场斗争，而且态度并不温和。二十年后，他们依然无比尊敬像阿纳克莱托·贡萨雷斯·弗洛雷斯神父这样的殉教者。与之对应的是，没人记得成千上万死去的农民、平均地权运动分子、乡村教师和新征入伍的士兵。

我对那些东西一窍不通：我指的是战争，所有的战争，我只是把它们当成会被拍成电影的东西。而且在电影里好人（谁是好人呢？）终归会获得胜利。幸运的是，自从卡德纳斯将军镇压了萨图尔尼诺·塞蒂略的起义之后，在墨西哥就再没爆发过战争了。我爸妈一直不敢相信这一点，因为在他们的童年、少年和青年时期，周围不断爆发战斗和冲突，也不断有人被枪杀。不过至少那一年看上去是风平浪静的，我们时不时就会停课，然后被老师带着去参加某公路、街道、水坝、体育场、医院、政府大楼或是其他雄伟建筑的建成典礼。

理论上来说，那些建筑都只不过是一堆石头罢了。总统还会为未建成的巨大纪念碑揭牌，那些纪念碑都是纪念他本人的。我们在大太阳底下一连站好几个小时，连口水也喝不上——罗萨莱斯带柠檬水来了，很解渴，你也喝点——等待着米格尔·阿莱曼的到来。他和陪同人员站在带围栏的大卡车上冲我们招手，他面带微笑，年轻和善，风度翩翩。

掌声，彩纸，彩带，姑娘，士兵（当时他们戴的还是法式军盔），枪手（那会儿还没人叫他们保镖），那位挤出军人人墙去给总统先生献花并被拍照的老妇人。

我有过几个朋友，但我爸妈全都不喜欢：他们不喜欢豪尔赫是因为他是某将军的儿子，那位将军曾经参与镇压过反取缔教会人士；他们不喜欢阿图罗是因为他的父母离婚了，而抚养他的姨妈只是个邮递员；他们不喜欢阿尔贝托是因为他没有爸爸，而他妈妈在旅行社工作，我爸妈认为有教养的女人是不应该出门去抛头露面的。那年我和吉姆交上了朋友。在那些已经成为我们生活的自然组成部分的建成典礼上，吉姆经常会说：我爸爸今天会来。然后又说：你们看到了吗？那个打着海军蓝色领带的男士就是我爸爸，站在阿莱曼总统旁边的那位。但是到处都是抹油喷蜡的头颅，没人能辨识清楚哪个是他爸爸。不过，还有个途径：他的照片经常会被登出来。吉姆把剪报装在书包里。你看到我爸爸了吗？当大官的那个。真奇怪啊，你们长得一点也不像。好吧，人们都说我长得像我妈，我再长长就会像他了。

3　阿里巴巴和四十大盗

这有点奇怪：他的父亲在政府里担任重要职务，在国家的经济生活里有极大的影响力，可是吉姆却在我们这种中不溜的学校上学。来这里上学的通常都是我们这些住在罗马区的小孩，或是家庭情况再差一点的，米格尔·阿莱曼的亲密朋友、同一阵线的伙伴、大权在握的要员的儿子是不该来这儿的。总统只要有什么新想法，他爸爸就能赚大笔大笔的钱：他到处签合同，在阿卡普尔科搞土地规划，颁发进口许可证，盖大楼，授权设立美墨合资公司；还有石棉，颁布法律，要求所有平顶房屋的屋顶上都得铺上石棉这种致癌物质；在公立学校免费早餐里克扣奶粉，使用假疫苗和假药，大量走私黄金和白银，以每平方米几分钱的价格购置大量土地，几周之后再宣布附近要修公路、盖大楼，于是土地价格就会翻一万倍；成亿的比索在贬值前一天被兑换成美元，再被存入瑞士的银行。

更让人百思不得其解的是，吉姆和他的妈妈既不住在拉斯洛马斯住宅区，也没退而求其次地住在波兰科住宅区，而是住在学校附近一栋三层楼房的公寓里。太奇怪了。也没那么奇怪，课间休息时有人说：吉姆的妈妈只是那人的情妇。他老婆是个上了年纪的可怕女人，经常出席各种社交活动。等到下次有给贫穷小孩分发东西的活动时（嘿嘿，我爸爸说他们就喜欢先把人们搞成穷人，然后再给他们施舍东西），你就能看到她了，那女人很可怕，胖极了。她看上去就像只金刚鹦鹉，或是头猛犸象。相反，吉姆的妈妈很年轻，也很漂亮，有不少人以为她是他姐姐呢。而且他，阿亚拉插了一嘴，也不是那个正在伤害墨西哥的混蛋小偷的儿子，他爸爸是个美国记者，还带他妈妈去过旧金山，但是他们一直没结婚。那位先生对可怜的吉姆并不好。人们说他到处养女人，甚至连电影明星之类的女人都有。吉姆的妈妈只是其中之一罢了。

这不是真的，我对他们说道，不是这样的，你们喜欢别人这样谈论你们的妈妈吗？没人敢把这些话告诉吉姆，但他就像是猜到了大家窃窃私语的内容一样，于是他坚持说道：我见到爸爸的次数很少，不过这是因为他总是不在家，他在为墨西哥而努力工作。当然了，阿尔卡拉斯接住了话头，"为墨西哥而努力工作"的同义表述是"阿里巴巴和四十大盗"。我家里人说，政府的人甚至连压根儿不存在的东西都想抢。阿莱曼政府里的所有人组成了一个强盗团伙。他只是在用从我们这里抢走的东西又给你买了件衣服罢了。

吉姆打架了，他不想和任何人说话。我想象不出如果他知道了那些关于他妈妈的流言的话会有怎样的反应。(当他在场的时候,我们的同学们就只会把攻击的矛头对准那位先生。)吉姆愿意和我当朋友是因为我从来不评判他的家事。而且话说回来,他又有什么过错呢?没人能选择自己怎样出生、在哪儿出生、何时出生、父母是谁。我们已经不在课间玩战争游戏了。今天犹太人占据了耶路撒冷,可是明天阿拉伯人就会来复仇。

周五放学后我会和吉姆一起到罗马区、罗亚尔区和巴尔默里区的电影院去看电影,那些电影院如今已经全都不复存在了。我们去看《灵犬莱西》之类的伊丽莎白·泰勒年少时期主演的电影。我们最喜欢的三连播电影是:《科学怪人》《德古拉》和《狼人》。我们大概一共看了上千遍。或者看二连播电影:《反攻缅甸》和《上帝是我的副驾驶》。或者那部佩雷斯·德尔瓦莱神父喜欢周日在他的先锋俱乐部播放的电影:《万世师表》。我看这部电影时觉得很难受,就和看《小鹿斑比》时的感觉一样。那部迪士尼电影是我在三岁或四岁时看的,大人们不得不把号啕大哭的我抱离电影院,因为我受不了看到猎人们杀死斑比的妈妈。在战争中有无数的妈妈被杀掉了。不过我当时并不知道这一点，我不是为她们而哭的，我是在为她们的孩子们而哭。哪怕是在电影院里，看着唐老鸭、米老鼠、大力水手、啄木鸟伍迪和兔八哥的卡通形象，也会不断有时事消息传来：许多城市遭到轰炸，炮火，战斗，火灾，废墟，尸体。

4　中间阶层

我家的兄弟姐妹太多了，所以我没办法邀请吉姆到我家做客。我妈妈一直忙于收拾我们乱撒的东西，还得做饭、洗衣服。她一直想买洗衣机、吸尘器、果汁机、电饭锅和电冰箱。（我们家那台电冰箱还是得每天早晨换冰块才能运行的那种。）在那个时期，受到家人的影响，我妈妈对待事物的态度非常严厉。她咒骂一切不是在哈利斯科*出生的人。她把其他墨西哥人都当作外国人，尤其憎恶首都人。她痛恨罗马区，因为许多良好家庭

---

*　墨西哥中西部州。

开始逐渐从那里搬走了,在那些年里,阿拉伯人、犹太人和南方来的人(坎佩切人、恰帕斯人、塔巴斯科人、尤卡坦人)越来越多地涌入了罗马区。她总是在抱怨埃克托已经二十岁了,却不去给他办好注册的国立大学上学,反倒是日复一日地泡在游泳俱乐部、台球室、酒吧和妓院里。他的兴趣在于谈论女人、政治和车子。之前人们天天抱怨军人,他经常这样说,瞧瞧吧,现在一个文官上台了,咱们国家又变成什么样子了。要是我们的亨里克斯·古斯曼将军掌权的话,墨西哥肯定会和庇隆将军治下的阿根廷一样棒。你们等着瞧吧,等着瞧1952年时这里会发生些什么。我真不想再啰唆了,不管你们是否支持革命制度党,亨里克斯·古斯曼是肯定会当选总统的。

我爸爸几乎不离开他的肥皂厂,面对美国品牌的竞争和宣传,他的厂子已经快支撑不下去了。美国人通过广播宣传那些新的洗衣粉品牌——Ace、Fab、Vel,而且他们还宣称:肥皂已经成为历史了。美国洗衣粉遇水生成的泡沫(当时的人们还没意识到它们会损伤皮肤)对于所有人而言都意味着干净、舒适和享受。女人们再也不用在洗衣台前耗去数个小时的时间了，能用上这种新产品，我们这些人都觉得自己享受到了特权，站到了峰头山尖上。

墨西哥大主教马丁内斯先生某天在主持祷告和忏悔仪式的时候突然开始大肆抨击那段时间迅速发展的共产主义。我到现在都还记得那段时间里某个早晨发生的事：在某个课间休息时我给吉姆展示了我那些"小小的伟大图书"中的一本，那是些带插图的小说，在每页上方绘有图案，通常都是人物图案，如果用手指快速翻动书页的话，那些人物就像是动了起来。以前一直和我没什么矛盾的罗萨莱斯突然大喊一声：嗨，快来看啊，他俩是同性恋。咱们要教训下同性恋。我立刻扑上去开始打他。操你妈，臭狗屎，现在瞧瞧谁是娘娘腔，你这个笨蛋印第安佬。老师把我俩分开了。我的嘴唇破了，他的鼻子在流血，衬衫也被染红了。

多亏打了那么一架，我爸爸才好好给我上了一课，让我不要贬低别人。他问我跟谁打架了。我说和"印第安佬"罗萨莱斯打架了。我爸爸说在墨西哥我们所有人都是印第安人，只不过我们没有意识到，或者不想接受这个事实罢了。如果印第安人和穷人不能画等号的话，恐怕也就不会再有人用这个称呼来骂人了。我当时确实想骂罗萨莱斯是个"穷鬼"。我爸爸说不能因为人们生活条件不好就认为他们是有错的，在对别人恶语相向之前应该先想想那人是不是享受着和我一样的机会。

和罗萨莱斯比较的话，我像是百万富翁，可要是和哈里·阿瑟顿一比，我就像是个乞丐了。之前一年，我们还在墨西哥小学上学时，哈里·阿瑟顿曾经请我去过一次他那位于拉斯洛马斯住宅区的家：他家有地下台球室、泳池、藏有成千上万册皮制封面书籍的图书馆、食品贮藏室、地窖、健身房、桑拿房、网球场和六间浴室。（为什么墨西哥有钱人的家里都要搞那么多浴室呢？）他的卧室冲着一个斜坡式的花园，花园里种着许多古树，还有个人造瀑布。哈里的家长没让他去美国上小学而是让他留在墨西哥读小学，这主要是想让他掌握好西班牙语，而且这样的安排还能让他提前接触到将来注定要成为他的助手、雇工、学徒和奴隶的那些人。

我们那天一起吃了晚餐。他的父母没对我说一句话,他们一直在用英语交谈。Honey, how do you like the little Spic? He's a midget, isn't he? Oh Jack, please. Maybe the poor kid is catching on. Don't worry, dear, he wouldn't understand a thing。*第二天哈里对我说:我给你个建议,学学怎么用刀叉。昨晚你是用吃鱼的叉子吃牛排的。还有,别在喝汤的时候发出声音,也别在嘴里塞满食物的时候说话,慢慢把食物嚼成小块再咽。

我和罗萨莱斯的关系则刚好相反,尤其是他刚入学那会儿,由于厂子面临危机,我爸爸没法再支付墨西哥小学的学费了。于是我就到罗萨莱斯家去抄笔记。他是个特别棒的学生,是班里在单词拼写和正字法方面学得最好的学生,于是我们所有人都经常在这些科目上找他帮忙。他家的

---

* 意为:亲爱的,你觉得这个小西语佬怎么样?他就像个侏儒,不是吗?啊呀,杰克,你注意点措辞。这个可怜的孩子可能正在听我们说话呢。放心吧,亲爱的,他一个字也听不懂。

房子靠几根大木头支撑着。污水从下水道溢了出来，把整个院子都淹了，暗绿色的水上还漂着屎。

他妈妈当时只有二十七岁，但看上去却像是个五十岁的妇人。她对我很友善，尽管我是不请自来的，她还是请我留下吃晚饭。自制玉米饼。我有点恶心。饼里渗出一些奇怪的油脂，看上去就像汽油一样。客厅的地面上放着张铺盖卷，那是罗萨莱斯睡觉的地方。他们家只有一个房间，而他妈妈新带回家的那个男人把他从那个房间里赶了出来。

5　海呀那么深

那次打斗让吉姆把我当成了他的朋友。某个周五他做了件之前从未做过的事情：他请我去他家吃下午茶。真遗憾我不能回请他去我家。我们走上三楼，他打开门。我随身带着钥匙，因为我妈妈不喜欢雇用人。房子里飘荡着香水的味道，他家被收拾得十分干净整齐，家具都是从西尔斯百货刚买回来的。我看到张他妈妈上大学时的照片，还有一张吉姆的周岁照(背景是金门大桥),还有几张那位先生陪总统出席各种典礼或开幕式活动的照片,还有他搭乘奥利沃列车和墨西哥人号飞机时的照片,当然照片里还有许多别的人。"革命幼兽"*和他的团队:第一批管理国家的大学生。他们是搞技术的,不是搞政治的。他们在思想道德方面没有任何瑕疵。这些都是宣传语上翻来覆去写的话。

我没想到吉姆的妈妈竟然会那么年轻优雅,更让我想不到的是她的美貌。我不知道该对她说些什么。我不能描绘出她握起我的手时我心里的那种感觉。我真想一直待在那里望着她。请来吉姆的房间吧。我很快就给你们准备好下午茶。吉姆给我展示了他收藏的圆珠笔(钢笔臭臭的,墨水还会溢出;而这是新玩意儿,那年也是我们最后使用墨水瓶、吸墨笔杆和吸墨纸的日子)和那位先生从美国给他带回来的玩具:能发射的礼炮、能

---

* 指于1946年至1952年间任墨西哥总统的米格尔·阿莱曼·巴尔德斯(Miguel Alemán Valdés,1900—1983)。

装水弹的轰炸机、扛着喷火器的士兵、带发条的坦克、塑料冲锋枪（那时塑料玩具才刚刚开始流行）、Lionel牌的电动火车、便携式收音机。我从没把这些玩具中的任何一件带去学校，因为在墨西哥没人有类似的玩具。当然没有，我们这些"二战小孩"是没有玩具的。所有原材料都被用来生产军事装备了。甚至连派克和埃斯特布鲁克这样的厂家也不生产笔，转而去生产打仗用的东西了，这是我从书上看来的。不过玩具对我来说也并没那么重要。对了，你妈妈叫什么名字啊？玛莉亚娜。我不叫她妈妈，我直接称呼她的名字。你呢？不，我不，我用"您"称呼我妈妈，她也用"您"来称呼我的外公外婆。你别笑啊，吉姆，别笑。

来吃下午茶吧，玛莉亚娜说道。我们坐下了。我面冲着她，盯着她。我不知道该做些什么：我没有用细细品尝或是狼吞虎咽的方式来讨好她。如果我吃的话，她会觉得我饿了；如果我不吃的话，她会以为我不喜欢她准备的食物。细嚼慢咽，不要在嘴里塞满食物时说话。我们能聊些什么呢？幸运的是玛莉亚娜首先打破了沉默。你们觉得味道如何?他们管这种下午茶叫"Flying Saucers",也就是"飞碟",三明治是放在这个机器里面烤过的。我很喜欢,太太,我从没吃过这么好吃的东西。宾堡面包、火腿、卡夫奶酪、腌肉、果酱、番茄酱、蛋黄酱、芥末酱。和我妈妈做的烩豆子、卖相不好的菜、菜卷饼、肉条蘸菜酱完全不一样。你想再来点"飞碟"吗?我很愿意再给你做一份。不用了,非常感谢,太太。它们很美味,不过真的不用麻烦了。

她什么也没吃。她一直在说话,一直在跟我说话。吉姆没说话,他一盘接一盘地吃着"飞碟"。玛莉亚娜问我道:你爸爸是做什么的呀?我很遗憾地回答道:他开了家工厂,做洗澡和洗衣服用的肥皂。洗衣粉正在毁掉他的生意。啊,是吗?我从来没想过这一点。谈话中止,陷入沉默。你有几个兄弟姐妹啊?三个姐妹和一个哥哥。他们都是在首都出生的吗?只有我和最小的妹妹是在这儿出生的,其他人都是在瓜达拉哈拉出生的。我家本来在圣弗朗西斯科路上有幢很大的房子,现在已经被拆掉了。你喜欢上学吗?上学还不赖——是这样吗,吉姆?——但是我们的同学都挺讨厌的。

好了,太太,我该回家了,谢谢您的款待。(我还能怎么说呢,告诉她如果我晚于八点回家的话爸妈会把我打死?)一百万个谢谢献给您,太太。所有的食物都很好吃。我会建议我妈妈也买台烤面包的机器,也让她给我做"飞碟"。在墨西哥买不到,吉姆第一次插话道。如果你想要的话,等我下次去美国给你捎一个回来。

把这儿当成自己家就好,欢迎你早日再来。我必须再次表达我的谢意,太太。谢谢你,吉姆。周一见。我多想永远待在那里啊,或者能让我把客厅里那张玛莉亚娜的照片带走也行。我沿着塔巴斯科路走着,又在科尔多瓦路的路口拐了个弯,因为我家在萨卡特卡斯路上。路边的路灯光线微弱。整个城市都陷在阴影之中,神秘的罗马区也是一样。这里只是广漠世界中微小的一部分,似乎从我出生多年前开始就在准备着作为我成长的舞台。一台唱片机在播放博莱罗舞曲。在那之前,人们口中提及的所谓音乐只不过是国歌、教堂唱诗、"咯哩—咯哩"*和他的那些儿童歌曲——《小马驹》《字母歌》《小黑兄弟吃西瓜》《牛仔鼠》《胡安·佩斯塔尼亚斯》——以及XEQ电台六点半档栏目用作开场音乐的拉威尔的那些让人腻歪、循环播放的旋律罢了，每到那个时间爸爸都会把广播调到早起者栏目上，用栏目里播放的嘈杂声音叫我起床。因此乍听到一首并非拉威尔所作的博莱罗舞曲时，我立刻来了精神，仔细听了听它的歌词。天啊这么高，海呀那么深。

我望了望阿尔瓦罗·奥布雷贡大道，然后对自己说道：我要保存好对这一刻的记忆，因为此刻存在的一切在将来永远都不可能再保持同一副样子了。某一天我再看到这些东西的时候，可能会觉得它们像史前之物一样遥远。我要把这份记忆完整地保存下来，因为我就是在今天爱上玛莉亚娜的。以后会发生什么呢？什么都不会发生。不

---

* 系擅长创作儿童歌曲的墨西哥作曲家、歌手弗朗西斯科·加比隆多·索莱尔（Francisco Gabilondo Soler）的艺名。

可能会发生什么。我要做些什么呢?为了避开吉姆,进而避开玛莉亚娜而转学?找个和我年纪相仿的姑娘谈恋爱?但是我这个年纪的男孩是找不到姑娘来谈恋爱的,他们只能偷偷地、默默地喜欢她们,就像我偷偷地、默默地喜欢玛莉亚娜一样。我很清楚这种感情不会有什么结果,我从一开始就是输家,但我还是爱她。

6 心魔

你怎么这么晚才回来?妈妈,我给你说过我要去吉姆家吃下午茶。你是说过,但没人同意你这个点才回来,已经八点半了。我快担心死了,我以为你被口袋人杀了或是绑架了。你都吃了些什么鬼东西。你应该了解下你那位"好朋友"的爸妈是什么人。就是和你一起去看电影的那个小男孩,是吧?

对。他爸爸在政府工作,是个很重要的人物。在政府工作?然后他们还住在那栋肮脏的楼里?你怎么从来没跟我提过这事呢?你说他叫什么?

不可能！我知道他老婆是谁。他老婆还和你的埃莱娜姨妈是好朋友呢。他们没生孩子。他有权有势，富可敌国，但没有孩子，这真是个悲剧。他们是在耍你啊，卡利托斯。谁知道他们这样骗你是安的什么心呢？不，我求您了，什么也别对蒙德拉贡老师讲。要是吉姆的妈妈知道了的话，她会怎么想呢？那位太太对我很好。啊，难道我对你不好吗？你听来什么秘密了？快说实话，你去的真的是那个什么吉姆的家吗？

我最终说服了妈妈。可她依然怀疑发生了什么可疑的事。我那个周末是在伤心中度过的。我好像又变回了小男孩，我又回到阿胡斯科广场独自一人玩木头小车了。阿胡斯科广场是我刚出生时他们带我去晒太阳的地方，我就是在那里学会走路的。那里的房子还是波菲里奥·迪亚斯*时期建造的，其中有些已经被拆掉了，转而建造了另外一些可怕的建筑。那里的喷泉是三叶草形状的，

---

* 波菲里奥·迪亚斯（Porfirio Díaz，1830—1915），墨西哥将军、政治家，曾多次出任墨西哥总统。

水里满是漂浮着的昆虫。马德罗*的遗孀萨拉·佩雷斯的家就在我家和公园之间。从远处望见一个历史书里提到的人物，而且还是在四十年前经历过那么多历史事件的人物，这让我感觉有点不可思议。那个异常优雅的瘦弱老妇人为了纪念她那遇刺身亡的亡夫，至今仍然身着丧服。

在阿胡斯科广场玩的时候，我心中的理智部分在向我发问：你怎么能爱上玛莉亚娜呢？你只见了她一面啊，而且从年龄看她可以当你妈妈了。这种感情既愚蠢又可笑，因为她根本就不可能理睬你。但是我心中的另一部分，更加强大的那部分，根本不想让我听大道理：它只是一个劲儿地重复她的名字，就好像只要不断重复她的名字我就可以更加接近她一样。周一的情况更加糟糕。吉姆说道：玛莉亚娜对你印象很好。她很高兴我能和你交上朋友。我心想：也就是说她记住我了，她关注到我了，她肯定发现了——一点，至少有那么一点——

---

* 马德罗（Francisco Madero，1873—1913），墨西哥资产阶级革命领袖，曾在1911年至1913年任墨西哥总统。

她在我心中留下了多么深刻的印象。

在接下来的几个星期里，我不断向吉姆问起她，当然我一直变换着各种理由，以防吉姆起疑。我一方面要掩饰自己对她的兴趣，一方面还要套出关于玛莉亚娜的情报。吉姆告诉我的事我之前就都知道了。看上去他根本没留意到身边有那么多流言蜚语。我想象不出其他人是怎么知道他家的事的。我一次又一次乞求他带我到他家去，让我再看看那些玩具、书和漫画。吉姆看的都是玛莉亚娜从圣伯恩百货给他买回来的英文漫画书。所以他压根儿看不上我们在阅读课上看的那些东西：皮平、帕金、恰马科小男孩和卡通内斯的故事。只有家庭条件好的小孩才能读上阿根廷的比利肯的故事或智利的佩内卡的故事。

我们一向有很多作业，所以只能在周五去吉姆家。那时玛莉亚娜通常会去美容院，为晚上陪那位先生出门而做准备。她会在八点半或九点回家，而我压根儿不可能等到她回来。提前准备好的下午茶会放在冰箱里：鸡肉沙拉、拌卷心菜、冷肉、苹果派。有一次，吉姆打开衣柜时从里面掉出来一张玛莉亚娜六个月大时的照片,照片里的她赤身裸体躺在一张虎皮上。我的内心升起一股巨大的亲近感,因为我想到了之前从未想到的事情:玛莉亚娜曾经也是个小女孩,她也曾和如今的我一样大,她也将成为和我妈妈一样的女人,然后再变成和我外婆一样的老妇人。但至少在那时她是世界上最漂亮的女人,我无时无刻不在想着她。玛莉亚娜变成了我的心魔。天啊,这么高,海呀,那么深。

7 现在即将来

直到那一天——那天阴云密布,没人喜欢那种天气,除了我以外——我感觉自己再也忍受不住了。我们当时正在上国语课,人们就是这样称呼西班牙语的。蒙德拉贡正在教我们虚拟式过去完成时的变位:hubiera 或 hubiese amado, hubieras 或 hubieses amado, hubiera 或 hubiese amado, hubiéramos 或 hubiésemos amado, hubierais 或 hubieseis amado, hubieran

或hubiesen amado*。那是上午十一点钟。我打了报告，说要去上厕所。我偷偷离开了学校。按响了四号公寓的门铃。一次，两次，三次。最后玛莉亚娜给我开了门：她没有化妆，但显得很清爽，漂亮极了。她穿着件丝绸睡衣，手里握着把去毛器，和我爸爸用的那把很像，不过要小许多。我去的时候她正在刮毛，腿毛。她探出身来，看到了我。卡洛斯，你怎么来了？吉姆出什么事了吗？没有，没有，太太，吉姆很好，什么事都没有。

我们坐到了沙发上。玛莉亚娜翘起了腿。有那么一瞬间她的睡衣微微展开了一些。膝盖，肌肉，胸部，平坦的腹部，神秘的私处。什么事都没有，我重复道。我来这儿是因为……我不知道该怎么跟您说，太太。我很难过。您会怎么看我呢？卡洛斯，我真的不明白你的意思。在这个时间看到这副样子的你，这让我觉得很奇怪。你应该正在上课才对，不是吗？对，没错，但是我没法上课了，

---

* 这里罗列的是西班牙语中"爱"（amar）这个动词的六个人称（我，你，他／她／您，我们，你们，他们／她们／诸位）的虚拟式过去完成时变位。

我听不进去课。我逃了,我没获得允许就逃了出来。我可能会被罚退学。没人知道我来找您。请您别告诉任何人我来找过您。尤其不要告诉吉姆,求求您了。请务必答应我。

好了,好了,你为什么这么激动呢?你家里发生什么不好的事情了吗?你在学校里遇见麻烦了吗?你想喝杯巧克力牛奶,可口可乐,或是一点矿泉水吗?你完全可以信任我。你只要告诉我我能怎样帮助你就好。不,您不能帮我,太太。为什么不行呢,卡利托斯?因为我是来告诉您一件事的,我只说一次,太太,请原谅我,我爱上您了。

我当时以为她会嘲笑我,会对我吼叫:你疯了。或者是:滚出去,我会把这事告诉你的家长和老师的。这些正是我害怕的情况:这也是理所当然的。不过玛莉亚娜并没有生气,也没有嘲讽我。她只是十分忧伤地盯着我。她抓起我的手(我永远都忘不了她抓起我手的那一刻),对我说道:

我明白,你不知道我有多么理解你的感受。现在你也必须理解我,你也应该注意到你是个和我儿子一样的小男孩,而我对你而言年纪太大了,我不久前刚过完二十八岁生日。所以无论是现在还是将来,我们之间都不可能发生什么。你真的理解我吗?我不想让你受到伤害。小可怜,将来还有很多磨难等待着你呢。卡洛斯,你就把今天的事当作生命中的一小段愉快的插曲吧,把它当成在将来回想起来能够会心一笑的那种经历,而不是感到痛苦难过。你还是和吉姆一起回家来,继续像以前一样对我,把我当成你最好的朋友的妈妈。你可不要不再来了呀,那样的话就好像真的发生了什么事情似的,这样你才能摆脱痴迷——对不起,应该说,爱恋——而且只有这样才能避免让这件事成为困扰你、伤害你一生的问题。

我想哭,但是我忍住了,然后说道:您说得对,太太。我都理解。我很感谢您能这样回应我。请原谅我。我无论如何都要把那些话说出来。要是不说的话我会憋死的。你没什么需要请我原谅的,卡洛斯。我很高兴你这么诚实,能勇于面对困难。请别把今天的事告诉吉姆。我不会对他说的,你放心。

我松开了她的手。我站了起来,准备离开。

这时玛莉亚娜拦下了我：在你走之前，我能请你帮一个忙吗？请允许我给你一个吻。她吻了我，一个轻快的吻，没有吻在嘴唇上，而是吻在了嘴角处。是那种吉姆每天上学前都能接受到的吻。我抖动了一下，没有回吻，什么也没说。我跑着下了楼。我没回学校，而是一直走到了起义者大道，后来迷迷糊糊地回了家。我借口说我生病了，想回家睡觉。

但是老师刚刚打来了电话。他看到我没回到教室，就找遍了学校里的所有厕所，还满学校找我。吉姆坚持说：他应该是去拜访我妈妈了。这个时候去？对，卡利托斯是个很奇怪的人。谁知道他是怎么想的呢？我觉得他脑袋不太正常。而且他哥哥还是个疯疯癫癫的流氓。

蒙德拉贡和吉姆一起去了吉姆家。玛莉亚娜承认说我在那里待了几分钟，因为上周五我把历史书忘在那儿了。妈妈的这个谎言让吉姆很生气。我不知道他是怎么看穿一切的，但是他把他的想法都告诉了老师。尽管玛莉亚娜一再矢口否认，但蒙德拉贡还是给我爸爸的工厂和我家都打了电话，把我做的事情告诉了我爸妈。玛莉亚娜的态度更增添了吉姆、蒙德拉贡和我爸妈的疑心。

8 这个世界的君王

我从没想过你是个怪胎。你什么时候见过如此恶劣的事情？告诉我是不是埃克托把你带坏的。腐化小孩的人都该下地狱，受尽各种刑罚，慢慢被折磨到死。好了，快说，别一个劲儿地像女人一样哭个不停。你说，是不是你哥哥怂恿你去做那种事的？

您听好，妈妈，我不认为我做的事那么糟糕，妈妈。你现在都无耻到了觉得那事没那么糟糕了。你的烧一退就得去做忏悔、领圣餐，让万能的主宽恕你的罪过。我爸爸却没有骂我，他只是说：这个孩子不正常。他的脑子里有的东西没发挥作用。说不定是他六个月大时在阿胡斯科广场摔倒那次留下了后遗症。我得带他去看专家医生。

我们都是虚伪的人，我们不能用看待和评判别人的标准来看待和评判我们自己。我从还不太懂事时起就知道我爸爸在外面还有一个家，他和他的前秘书好上了，还生了两个女儿。我还记得有一次我在理发店排队时发生的事情。那家店里除了政治杂志之外还有《瞧瞧看》和《闹剧》杂志。我抓住理发师和客人沉迷于说政府坏话的功夫偷偷把《瞧瞧看》夹在了《今日》里面，看通戈莱莱、苏梦琪和卡兰坦*几乎全裸的照片。美腿、乳房、翘嘴、细腰、臀胯，还有那谜一样的私密部位。

那位每天都给我爸爸刮胡子、从我满周岁起就给我理发的师傅从镜子里看到了我的表情。把那玩意儿放下，卡利托斯。那些杂志是给大人看的。我要告诉你爸爸。也就是说，我想，如果你还是个小男孩的话，你就没有权利喜欢异性。如果你不接受这种限制的话，那就会变成一桩巨大的丑闻，别人最终就会觉得你疯了。太不公平了。

我又问自己：我是什么时候第一次意识到自

---

* 均为电影演员，前两位为墨西哥人，最后一位为美国人。

己有了欲望呢？也许是一年前在查普尔特佩克电影院里看到《太阳浴血记》里珍妮弗·琼斯身边围着一群裸男的时候吧。也可能是看到安东尼娅撩起裙子擦拭绘有黄色长毛猴的地面而露出腿的时候。安东尼娅很漂亮，对我也很好。可是我却对她说：你是个坏女人，因为你杀母鸡。看到母鸡死掉我感到很难受。最好还是把母鸡买回家的时候它们就已经死掉而且脱毛了。但是那种欲望的火焰刚有了苗头就熄灭了。安东尼娅走了，因为埃克托总是纠缠她。

我再没回到学校去，大人们也不让我去别的地方。我们去了罗萨里奥圣母教堂，那是我们每个周日都会去听弥撒的地方，我就是在那里第一次领受圣餐的，而因为我之前那几个周五做过的事情，我必须去那里做忏悔。我妈妈坐在一张长椅上，为我那有可能遭受永恒惩罚的灵魂而祈祷。我跪在忏悔神父面前，虽然羞得要命，但我还是把发生的一切都告诉了费兰神父。

费兰神父压低声音，有点急切地向我打探细节：她脱光了吗？家里有男人吗？你觉得在给你开门前她有没有在做什么肮脏的事呢？然后他又问道：你有没有对自己做过不好的触碰呢？射精了吗？我不知道那是什么意思，神父。他大概给我解释了一番。刚说完他就后悔了，他突然发现跟他交谈的这个小男孩的身体还生产不出射精所需的原材料，于是他接着对我发表了一番我压根儿就听不懂的高谈阔论：由于原罪的缘故，魔鬼成了这个世界的君王，他会给我们设下圈套，创造机会诱导我们背弃对上帝的爱，强迫我们去犯下罪行。只要我们多造一次罪孽，耶稣基督头上的荆棘冠上就会多长出一根刺来。

我说道：您说得对，神父。尽管我还是想象不出为什么魔鬼会费尽心思去诱导我这样一个小孩。我更想不明白为什么我对玛莉亚娜的爱会加重耶稣基督的苦难。按照惯例，我表现出了改过自新的愿望。但实际上我既没有后悔，也不觉得自己有什么过错：喜欢一个人并不是罪过，爱是圣洁的，唯一邪恶的东西应该是憎恨。那天下午费兰神父的长篇大论中最令我印象深刻的就是他在无意中传授的关于手淫的知识。我一回家就想试试不好的触碰，还想试试射精的感觉。最后我没那么做。我默念了二十遍仁慈的天父和五十遍圣母马利亚。我第二天又去那里领受了圣餐。当天晚上他们带我去了精神病院，那里的墙壁是白色的，家具上镀了层镍。

9　必须学英语

精神病医生问了我一些问题，然后会把我的回答记录在带黄色线条的纸上。我不知道该怎么回答那些问题。他说的有些专业词汇我根本就不明白，也就没办法和他好好交流。我从没想到他还会问一些关于我妈妈和我的姐妹们的事情。后来他们还让我把家里所有的成员都画出来，还要画树木和房子。再后来他们还给我做了罗夏墨迹测验（难道真的有人在那些墨迹上看不出怪兽的图案吗？），那些图案包括数字、对称人物图像和我要补全的句子。那些句子都很蠢，我的回答也一样：

"我最大的快乐"：爬到树上扫视老房子的外

墙、柠檬味的雪花、下雨的日子、冒险电影、萨尔加里的小说。或者什么也不做，就睁着眼躺在床上。但是爸爸每天都会在六点半时把我叫起来做运动，甚至连周六和周日也是一样。"我最讨厌的东西"：人们对待别人和动物时做出的残忍行为、暴力、吼叫、猜疑、哥哥姐姐们的坏毛病、算数、在有许多人没饭吃的情况下还有许多人拥有一切、把蒜瓣从米饭或炖肉里挑出来、毁坏或砍伐树木、看到别人把面包扔进垃圾桶。

负责给我做最后一项测试的女生当着我的面和另一个人交谈了起来。他们肆无忌惮地聊着，简直把我当成了一件家具。很明显是恋母情结在作怪，医生。这个小男孩的智商比正常小孩低了不少。他被过度保护了，他过于听话了。他是在寻找母亲的替代品，想要返回到最初的状态中去，他去见那位太太，心里想的却是去见属于他的情人。请原谅，爱丽西塔，我的看法刚好相反，这个小男孩十分聪明，而且异常早熟，照这样发展下去，等到他十五岁时就会变成一个完美的蠢货。他做出那种异常的举动是因为他缺乏安全感，他迫切希望引起父母双方的注意，这是小朋友们常有的情绪。而且还有一点需要注意，在他这个年龄段的小朋友里，他的身高有些过矮了，而且他还是家里兄弟中最年幼的。发现没有？他特别关注那些受害者，例如动物啊，树木啊，都是些没有自卫能力的东西。他在寻找那些能与之共情的事物，他的家里人都没办法和他共情。

我真想冲他们大声吼叫：傻瓜！你们就不能先商量好了再说出那些连你们自己都听不懂的蠢话吗？为什么人们就爱给别人贴标签呢？为什么你们就意识不到这只是一个人爱上了另一个人呢？你们难道从来就没爱过谁吗？那家伙冲我走了过来，说道：把手给我，现在你可以走了。我们会把测试结果寄给你爸爸的。

我爸爸在候诊厅里等着我，他的身边放着几本破破烂烂的英文杂志：《生活》《外观》《假日》。他很骄傲自己能流利地阅读它们。他刚刚结束紧张的夜校英语学习，他是他们那群成年人里第一个通过结业考试的，他现在每天都用书和磁带练习英语。看到他这个年龄的人努力学习可真是件稀罕事,他今年四十八岁,已经很老了。每天一大早,在健完身后、吃早饭前的那段时间里,他不断复习那些不规则动词:be, was/were, been; have, had, had; get, got, gotten; break, broke, broken; forget, forgot, forgotten。再练习练习发音:apple, world, country, people, business。这些对吉姆而言再正常不过的单词在他看来却异常复杂。

那几个礼拜简直太可怕了。只有埃克托站在我这边:快给我讲讲,卡利托斯。真是太带劲了。在这个年纪你就能和那个女人搞到一起了,她可真是个大美人啊,说真的,她比丽塔·海华丝还漂亮。卡洛斯小老弟,等你长大了还有什么干不成的事呢?你做得没错,与其压抑本性,不如现在就去搞女人,尽管你的身体大概还没做好准备。咱们有那么多姐姐妹妹,可是你和我却没有变成娘娘腔,这可真是太棒了。你要注意,卡利托斯,别害怕别人知道那事,也别因为别人的闲话就金盆洗手、浪费天赋。但是,哥哥,埃克托,没有你说的那么夸张。我对他说我是真的爱上了她。没什么丢人的。我什么也没做,所以我真的没办法讲给你听。

会发生这种事——我妈妈抱怨道——都是因为你爸爸太吝啬了,他宁愿把闲钱花在其他开销上面,也不愿意在孩子们身上投入,可怜的孩子,你会堕落到和穷人家的孩子们一起上学的地步。你想想看,那种学校会接收随便什么人家出来的孩子。我们应该找家只接收我们这个阶层家庭的孩子的学校给你注册。埃克托:可是妈妈,我们属于什么阶层呢?我们本来就是普通人家嘛,我们是罗马区里典型的正在走下坡路的家庭,换句话说,典型的墨西哥中产阶级家庭。所以卡洛斯去那儿上学就挺好。他的学校和我们家的情况很搭。您还想把他送到哪儿去呢?

10 火雨

我妈妈坚持认为我们家——或者说,她们家——是瓜达拉哈拉最好的家庭之一。家里从没出过像我搞出来的这种丑闻。我们家出的都是勤劳诚实的人。虔诚的女人,无私的妻子,模范的母亲。顺从听话、彬彬有礼的孩子。但是印第安人和穷人的复仇来了，他们看不惯我们这种有教养的家庭。革命——老酋长一声令下——我们家位于圣弗朗西斯科街上的房子就被抢掠了，他们的理由是我们家里有许多反取缔教会人士。更加雪上加霜的是我的父亲——尽管有工程师执照，却因为是裁缝的儿子而饱受歧视——把从我外公那里继承来的钱全都投资到了荒唐的生意中去，例如建立中部城市之间的航线，又或者是往美国出口龙舌兰酒。后来，多亏了从我几个舅舅那里借来了些钱，他才买下了那家肥皂工厂，工厂的生意在战争期间还不错，但是美国企业涌入墨西哥后生意也就逐渐垮了下来。

因此，我妈妈总是在抱怨墨西哥城有多么不好。糟糕透顶的地方，等待着火雨降临的索多玛和蛾摩拉，会发生在瓜达拉哈拉闻所未闻的恶行（例如我刚刚犯的那桩）的地狱。在这不祥的墨西哥城里，我们只能和最坏的人搅在一起。近朱者赤，近墨者黑。白沙在涅，与之俱黑。她不断重复说着：在那么一所公认体面的学校里，怎么可能会有那样一个私生子学生呢（私生子是什么意思？），或者说一个做皮肉生意的婊子的孩子（皮肉生意又是什么意思？）？因为实际上没人知道光顾过那个贱货的客人里谁才是那个孩子的真正父亲（贱货？为什么叫她贱货？）。

我的妈妈忘了提埃克托。埃克托当时在大学里已经以激进分子的身份而闻名了。他说他是把苏比兰校长赶下台的那群右翼军人中的一员，他们还把迭戈·里维拉为德尔普拉多酒店画的壁画中的"上帝是不存在的"几个字给抠掉了。埃克托曾反复阅读《我的奋斗》、与隆美尔元帅有关的书、大师巴斯孔塞洛斯写的《墨西哥简史》《妻妾的种马》《欲女的夜晚》《荡妇回忆录》和其他在哈瓦那印刷的色情小说，这些书都是在圣胡安·德莱特兰和蒂沃利附近秘密出售的。我爸爸如饥似渴地阅读《如何交朋友及在生意中发挥影响力》《自控力》《积极思考的力量》和《人生在四十岁才开始》。我妈妈则听XEW电台播放的所有广播剧，有时候她也会在休息时读点乌戈·瓦斯特[*]或M.戴莉[†]写的东西。

当时谁能想到埃克托会变成现在这样呢？如今我的哥哥成了位干瘦、秃顶、庄重又优雅的实业家。他严格、严肃、诚实、如此受人尊敬又大方得体，与他跨国公司重要人物的身份是多么匹配啊。虔诚的绅士，十一个儿子的父亲，墨西哥极右翼势力的伟大代表。(至少在这一方面他把以前的自己保留了下来。)

但是在那个时期，家里的女佣纷纷出逃，因为"少爷"总想要强奸她们。(埃克托总是在半夜喊着他们那伙人的口号"母猫的肉体，美妙又便宜"闯进用人房，而且在那些色情小说的刺激下，那些时候他总是光着身子，下体还处于勃起状态。他一闯进去就和女佣们扭打在了一起，埃克托从

---

[*] 乌戈·瓦斯特（Hugo Wast，1883—1962），阿根廷作家。

[†] M.戴莉（M.Delly）是法国作家让娜·玛丽·亨里埃特·佩蒂让·德拉罗西耶尔（Jeanne Marie Henriette Petitjean de la Rosiére，1875—1947）和弗雷德里克·亨利·佩蒂让·德拉罗西耶尔（Frédéric Henri Petitjean de la Rosiére，1870—1949）共用的笔名。

没真正得手过,因为在你攻我守之间他就把精液射在了女佣们的睡衣上。喊叫声总能吵醒我爸妈,他们上楼去,我的姐妹们和我则藏在螺旋楼梯边观察着一切。他们责骂埃克托,威胁要把他赶出家门,还总是会把女佣辞退,因为她们要比"少爷"的错更大,是她们引诱了他。)梅亚维广场或四月二日大道上的那些妓女让他染上了性病。慈爱河沿岸的两波敌对帮派进行了火并:埃克托被一块石头砸掉了门牙,他则拿棍子打破了一个锁匠的头。埃克托和他那群乌鲁埃塔公园的朋友们吸了毒,还把一家中国食品店砸了。我爸爸不得不付了罚金,赔偿了对方的损失,还动用了在政府里的关系,这才使得埃克托免受牢狱之灾。当我听到埃克托吸毒的消息时,我的第一反应是他欠了钱,因为在家里大家都把债务称作毒品*。(如果这样看的话,我爸爸就是头号瘾君子了。)后来是我大姐伊莎贝拉给我解释了那个词的意思。埃克

---

* 西班牙语单词 endrogarse 除了"吸毒"的意思外,在墨西哥也有"欠钱"之意。

托愿意在那件事上和我站在一起也是合情合理的：毕竟我在一段时间里暂时夺走了他黑羊的身份。

11　幽灵

年初的时候伊莎贝拉成了埃斯特万的女朋友，同样引发风波不断。埃斯特万在三十年代时曾是有名的童星。随着年龄的增长他的小奶音没了，稚气的面庞也变了。现在拍电影和排话剧的人都不再找他了。埃斯特万靠在 XEW 电台讲笑话谋生，他像疯了一样酗酒，他坚持要和伊莎贝拉结婚，然后到好莱坞去碰碰运气，尽管他连一个英语单词都不懂。他来找她时总是喝得醉醺醺的，领带也不打，味道很难闻，衣服上全是污渍，鞋子也很脏。

没人能想明白伊莎贝拉为什么会成为埃斯特万的狂热粉丝。伊莎贝拉看过他最光鲜时代的作品，她觉得他简直太棒了，除了泰隆·鲍华、埃罗尔·弗林、克拉克·盖博、罗伯特·米彻姆和加里·格兰特之外，埃斯特万是她唯一想吻的电影明星。可他只不过是墨西哥电影明星,这是家里人最喜欢拿来取笑伊莎贝拉的事,同时也和米格尔·阿莱曼政府一样是我们家最常谈论的话题。你看见了吗?那个叫佩德罗·因凡特*的家伙真是长了张民工脸啊。是啊,没错,可是姑娘们就是喜欢啊。

一天晚上我爸爸吼叫着把埃斯特万推了出去:他从英语夜校回来时已经很晚了,他撞见埃斯特万和伊莎贝拉缠在灯光昏暗的客厅里,而且埃斯特万还把手伸进了伊莎贝拉的裙子。埃克托在街上打了埃斯特万一顿,他把埃斯特万打倒在地,然后继续一顿猛踹,后来浑身是血的埃斯特万挣扎着爬了起来,像条野狗那样逃走了。从那之后,伊莎贝拉就再也不和埃克托说话了,而且总是随便找个什么理由就冲我发火,尽管我曾经试图阻止哥哥踢打躺在地上的可怜的埃斯特万。伊莎贝拉和埃斯特万此后再也没见过面。不久之后,被失败、厄运和酒精彻底击垮的埃斯特万在塔库巴

---

* 同样是墨西哥电影明星。

亚的一家廉价旅馆里上吊自杀了。电视上偶尔还会播放他以前拍的那些片子，我每次都觉得自己是在欣赏一个幽灵的表演。

那段日子里对我来说唯一一件好事就是我有了只属于我的卧室。在那之前那个房间里摆的一直是张上下铺儿童床，小妹艾斯特丽塔和我一起住。可是自从神父和医生宣布我是个堕落的孩子之后，我妈妈就判断说妹妹和我一起住有很大的风险，所以就把她移到姐姐们的房间去了，当时正在准备大学入学考试的伊莎贝拉很不高兴，刚学完英西双语秘书课程的罗莎·马利亚也连连抱怨。

埃克托提出和我同住一室，但是爸妈没同意。由于他的那些政治活动和最近一次强暴女佣的尝试，埃克托被勒令睡在地下室里，而且门还是上锁的。他们只给了他一张旧床垫和一条床单。他原来的卧室被爸爸占用了，爸爸在里面秘密计算工厂的收支情况，并且成千上万次地练习英语磁带中的每节课程。At what time did you go to bed last night, that you are not yet up? I went to bed very late, and I overslept myself. I could not sleep until four o'clock in the morning. My servant did not call me, therefore I did not wake up。*他是我见过的唯一一个在一年内掌握了英语的成年人。不过这也是无可奈何的事。

我偷听过爸妈之间的一次谈话。可怜的卡利托斯。你别担心,会好起来的。不,这事会影响他一辈子。运气太差了。为什么这种事会发生在咱们儿子身上呢?只是意外罢了,你想想看,这就和走在路上被车撞是一回事。过上几周他肯定就把那事忘了。哪怕他现在不明白我们的良苦用心,等他长大后肯定也就懂了咱们是为了他好。都怪这前所未有的腐败政府,把这个国家搞得乌烟瘴气的。你看看杂志、广播和电影,上面全都是腐化纯洁之人的玩意儿。

我感到很孤独,没人能帮我。埃克托只是把这当成叛逆举动,他认为我是在找乐子,他把我

---

* 意为:你怎么还没起床,昨晚几点睡的?我睡得很晚,睡过头了。我直到凌晨四点才睡着。用人也没喊我起床,所以我起晚了。

看成落地摔碎的玻璃摆件。无论是我爸妈、我的兄弟姐妹们、蒙德拉贡老师、费兰神父还是那些给我做测试的人全都什么也不懂。他们只是拿一些条条框框来解释我的行为，但其实两者根本不相匹配。

我去了新的学校。我在那里谁也不认识。我又一次成了外来的闯入者。这里没有阿拉伯人，没有犹太人，没有贫穷的奖学金生，也没有沙漠中的战斗，唯一和原来一样的是英语依然是必修课。最初几个礼拜我就像在地狱里一样煎熬。我一直在想着玛莉亚娜。我爸妈认为通过惩罚、忏悔和那些我永远不知道结果的心理测试，我已经被治愈了。然而我却在担惊受怕地偷偷购买《瞧瞧看》和《闹剧》杂志，做不好的触碰（没能射精）。玛莉亚娜的形象也比通戈莱莱、苏梦琪和卡兰坦更常浮现在我的脑海中。不，我没有痊愈，爱之所以会成为一种病，是因为在这个世界上唯一正常的事情就是憎恨。

当然了，我再也没见过吉姆。我不敢靠近他家和我以前的学校。

想到玛莉亚娜时我总会有种想冲到她家去的冲动，但它很快就会和烦躁、荒唐的感觉混杂在一起。我当时只要抵抗住前去发表无力的爱的宣言的冲动，就可以避免之后的麻烦事，我真是太蠢了。不过现在后悔也已经晚了：我做了我必须做的事，哪怕是到了多年之后的现在，我也不会否认自己当时爱上了玛莉亚娜。

12　罗马区

十月份时有过一场大地震。十一月时彗星划过天空。人们说核战争和世界末日就要来了，或者起码是再爆发一场墨西哥革命。后来美人鱼百货店发生了火灾，死了许多人。那年的年终假期到来时，我们所有人都和以前不一样了：我爸爸卖掉了厂子，一家收购了他的肥皂品牌的美国公司雇他当了经理。埃克托去芝加哥大学上学去了，我的姐姐们则去了得克萨斯的大学上学。

一天中午，我在青年俱乐部打完网球，准备回家去。我坐在公交车上读着一本薄薄的派瑞·梅森探案小说，在车子经过起义者大道和阿尔瓦罗·奥布雷贡大道交界处时，罗萨莱斯上了车，在经过司机师傅允许后，他搬了个亚当斯口香糖的箱子上来。他看到了我。他显得十分难过，立刻飞速下了车，躲到"阿方索和马科斯"美容院附近的一棵树后去了。我妈妈之前习惯去那里烫头和修指甲，不过在有车之后她就改去波兰科区的另一家美容院了。

罗萨莱斯是我原来学校里最穷的小孩，他妈妈在医院里打杂。那一切都是在几秒钟里发生的。车子已经启动了，可是我也赶忙跳下了车。罗萨莱斯想跑，但我还是追上了他。那个画面肯定很荒诞：罗萨莱斯，求你了，别不好意思。出来干活是件好事（尽管我从来都没出去干过活）。帮助妈妈不是什么可耻的事情，而且恰恰相反（我倒成了心灵诊所里的知心护士）。啊呀，来，我请你到意大利美人冷饮店吃个冰激凌吧。你不知道见到你我有多么高兴（我是多么慷慨啊，尽管货币贬值和通货膨胀问题日益严重，但我手上还是有多余的钱）。罗萨莱斯面容苍白、脸色阴沉，不断后退。

最后他终于停下了脚步，盯着我的眼睛看。

算了，卡利托斯，如果可以的话，你还是请我吃个饼吧。我早晨还没吃饭呢。我快饿死了。哎，上次咱们打架那事，你不再生气了吧？怎么会呢，罗萨莱斯，我都忘了打架的事了（我是多么大度啊，我已经"刀枪不入"了，自然也能原谅任何人）。好的，太好了，卡利托斯，咱们坐下聊聊吧。

我们穿过了奥布雷贡大道和起义者大道。给我讲讲，你升学了吧？吉姆的考试成绩怎么样？我没回到班上，大家都说了些什么？罗萨莱斯没有回答。我们找了家玉米饼店坐了下来。他要了一个夹香肠的，两个夹里脊肉的，还要了瓶苹果酒。你呢，卡利托斯，你不吃吗？我不能吃，因为家里人还在等我吃饭呢。今天我妈妈会做我喜欢吃的烤肉。要是我现在吃玉米饼的话，一会儿回家就吃不下东西了。请给我拿一瓶冰可乐，谢谢。

罗萨莱斯把亚当斯口香糖的箱子放到了桌子上。他望了望起义者大道：帕卡德汽车、别克汽车、哈德森汽车、黄色有轨电车、银白色的灯柱、五颜六色的公交车、依然戴着帽子的行人，那个场景和那个时刻永远都不会重现了。对面的大楼里有各大品牌的办公点：通用电气、海威克斯电暖气、玛贝加热器。长长的沉默，共有的尴尬。罗萨莱斯异常不安，总是在躲避我的眼神，汗渍渍的双手在破旧牛仔裤上蹭来蹭去。

服务员把玉米饼端了上来。罗萨莱斯先咬了口夹香肠的玉米饼，在继续吃之前喝了口苹果酒来润唇。他这副样子让我觉得有点恶心。他又饿又不安，大口大口地吃着。他向我问话时嘴里塞得满满的：你呢？你换了学校，不过应该也升学了吧？你要去哪儿度假了吗？《傻瓜》放完了，音箱里传来了《天空中的幽灵骑手》的旋律。圣诞节的时候我们要去纽约，我的哥哥姐姐们也会去。我们在时代广场那里订了酒店。你知道时代广场吧？好了，你为什么不回答我问你的问题呢？

罗萨莱斯吞了口唾沫，咬了口饼，又喝了口苹果酒。我真担心他会被噎到。好吧，卡利托斯，那是因为，你瞧，我也不知道该怎么跟你说，班里同学都知道了。都知道什么了？你和他妈妈的事。吉姆和我们每个人都谈过。他恨你。你做的事情让我们快笑疯了。太疯狂了。更有甚者,有人看到你在发表了那番爱情宣言之后到教堂里做了忏悔。甚至有流言说他们把你送去看精神病医生了。

我没有回话。罗萨莱斯继续静静地吃着。突然,他抬起头来,目光死死地盯着我。我本来不想告诉你的,卡利托斯,可那还不是最糟糕的事情。算了,还是让别人告诉你吧。让我把饼吃完。真好吃啊。我其实一整天都没吃东西了。我妈妈失业了,因为她想试着在医院里建立工会。现在和她住在一起的那家伙说因为我不是他生的,所以他没有抚养我的义务。罗萨莱斯,我真的很遗憾。不过那是你的家事,我也插不了手。你想吃什么就吃什么吧,能吃多少就吃多少,钱我来付,不过请告诉我最糟糕的究竟是什么事。

好吧,卡利托斯,因为那事让我也觉得很遗憾,真的。一次把话说完,别吊我胃口了,罗萨莱斯。说吧,把你要说的都说出来。那是因为,卡利托斯,我不知道该怎么开口,吉姆的妈妈死了。

死了?你说她死了?对,对,吉姆已经不在

学校里了，他从十月份开始就搬去旧金山了。是他的亲爸爸把他接走的。太可怕了。你都难以想象。他妈妈似乎和那位被吉姆称作爸爸但其实不是他爸爸的先生发生过争执。当时那位先生和那位太太——她叫玛莉亚娜，对吗？——在一家夜总会里，也可能是在拉斯洛马斯参加某场上层宴会或聚会。她提到政府在掠夺人民，还说政府在肆意挥霍他们从穷人手中抢走的钱，然后他们就吵了起来。总之那位先生很不喜欢她在那种场合，在他的那些有身份的朋友们面前那样抬高音量和他说话，他的朋友们里有部长、外国百万富翁、和他搞幕后交易的大企业家。于是他当着所有人的面扇了她一巴掌，还冲她吼叫说她没资格谈论诚实之类的话题，因为她自己就是个婊子。

玛莉亚娜当即起身，叫了辆车回了家，然后吞了药，或是用剃毛刀割了脉，又或是冲自己开了一枪，再或者是把这些都做了一遍，具体情况我不是很了解。总之吉姆睡醒时发现她已经死了，她的身上全是血。他差点就因为痛苦和惊吓也死过去。大楼管理员不在，于是吉姆去找了蒙德拉贡老师，他还能找谁呢？没办法，后来全校都知道了这件事。当时去了一大批好事者看热闹，医院的人、检察官和警察也都去了。

我不敢看她的死状，但我看到他们用担架把她从楼里抬出来时的样子了，她的身上盖了个单子，可是单子上也全都是血。我们所有人都觉得那是我们这辈子经历过的最可怕的事情。吉姆的妈妈给他留了一封用英语写的信，那封信很长，他妈妈请求他的原谅，还解释了她那样做的原因，也就是我刚才告诉你的那些事。我觉得她可能还留了其他一些口信——也许有一条是写给你的也说不定，谁知道呢——不过再也没人能搞清楚了，那位先生很快就把事情压了下去，还禁止我们谈论它，尤其不能在家里谈。但你知道流言蜚语传播得是最快的，而保守秘密则是世界上最难做的事情了。可怜的吉姆，可怜的朋友啊，真遗憾我们曾经对他那么不好。我真的很后悔。

罗萨莱斯，那根本就不可能。你是在耍我吧。你给我讲的这些都是你编出来的。也可能是你在哪部你喜欢的垃圾墨西哥电影里看来的。还可能是你从 XEW 电台的那些俗气的广播剧里听来的。那种事情是不可能发生的。请别跟我开这种玩笑，求你了。

是真的，卡利托斯。我对上帝起誓我说的都是真的。如果我说谎的话就让我妈妈死掉。你可以随便去问学校里的人。去问问蒙德拉贡老师。尽管报纸上没报道那件事，可是所有人都知道。你没听说那事我倒是挺惊讶的。我真的不愿意当把那事告诉你的人，所以我才躲着你，不是因为咱们之前打过架。卡利托斯，你别摆出那副表情，你哭了？我知道事情很可怕、很吓人。你压根儿就想象不出我当时的心情。你可别告诉我你在这个年纪就真的爱上了吉姆的妈妈。

我没有答话，而是站了起来，我用一张十比索的钞票付了钱，然后立即离开了，我没有等服务员找零钱，也没跟罗萨莱斯道别。我在任何地方都能看到死亡：和洋葱、番茄、卷心菜、奶酪、奶油、豆子、鳄梨酱、哈拉帕辣椒混在一起变成了玉米饼或塔可卷馅儿的动物肉块。它们都曾是活着的动物，就像起义者大道上刚刚被砍倒的那些树一样。饮料里也有死亡：橙汁、可乐、酒水。香烟里也有：倍儿猛牌、格拉托斯牌、埃莱刚特斯牌、卡西诺斯牌。

我沿着塔巴斯科路狂奔，我不断地在对自己说，试着对自己说：那只是罗萨莱斯的胡言乱语，是个无聊的玩笑，他不一直都是个混蛋吗？肯定是因为我看到了他饿得要死还抱着口香糖箱子的样子，而我却带着网球拍，穿着白净的衣服，带着英语的探案小说，还在时代广场订了酒店，所以他要报复我。我不在乎开门的是不是吉姆。哪怕所有人都嘲笑我想见玛莉亚娜的举动，我也无所谓了。我现在只想证实玛莉亚娜并没有死。

我来到楼门前，用纸巾擦干了眼泪，然后上了楼，我按响了四号公寓的门铃。一个大概十五岁大的女孩开了门。玛莉亚娜？不，这里没有什么玛莉亚娜太太。住在这儿的是莫拉莱斯一家。我们是两个月前搬进来的。我不知道之前住在这里的是什么人。也许你可以去问问门卫。

女孩说话的时候，我观察到客厅的风格已经完全变了，肮脏、贫穷、无序。玛莉亚娜上学时的照片和吉姆在金门大桥前的照片都没了，那位先生在总统团队中为墨西哥而努力工作的照片也没了。取而代之的是一幅《最后的晚餐》的金属浮雕画，还有一张印着《火山传说》图画的日历。

门卫也换了新人。之前的门卫堂辛杜夫先生已经不在了，他曾是支持萨帕塔的老上校，是吉姆的朋友，他有时候会给我们讲墨西哥革命的故事，还偶尔去吉姆家打扫卫生，因为玛莉亚娜不喜欢雇用人。不，孩子，我不认识堂辛杜夫，也不认识你说的那个吉姆。这里也没住着什么玛莉亚娜太太。你别再烦我了，孩子，别再找了。我给你二十比索。给我一千比索也没用啊，孩子，我不能拿你的钱，因为我什么都不知道。

但他还是拿走了钞票，然后同意让我继续寻找。那时我才记起那栋楼似乎是那位先生的财产，他雇佣堂辛杜夫是因为他爸爸——吉姆称他作"我爷爷"——是堂辛杜夫的朋友，两人曾在墨西哥革命期间并肩作战过。我敲了所有房间的房门。穿着白净衣服、带着网球拍和探案小说的我此时显得十分滑稽，一间又一间房门被我敲开，我一次又一次问出同样的问题，我感觉自己又要哭起来了。米汤味，辣椒卷味。在每户人家的房门前我都几乎是带着恐惧等待着他们的回答。我那身白净的衣服是多么不搭调啊。这里是死神的居所，而不是网球场啊。

没有。我从1939年就住在这栋大楼里了，据我所知，这里从来就没住过什么玛莉亚娜太太。吉姆？我们也不熟悉这个名字。八号公寓里有个男孩和你年纪差不多大，但是他叫埃维拉尔多。四号公寓？没有，那里住的是一对没有儿女的老人。但我来过吉姆和玛莉亚娜太太家无数次了。都是你幻想出来的吧，小朋友。大概是在另一条街上，另一栋楼里。好吧，再见，别再浪费我的时间了。别掺和别人的事，也别给自己找更多的麻烦了。够了，孩子，别再问了。我得准备午饭去了，我丈夫两点半到家。可是，夫人……快走吧，小孩，再不走我就要喊巡警来了，他们会把你送去少管所的。

我回到了家里，如今我已经记不清那天后来我做过些什么了。大概我在接下来的几天里一直在哭。后来我们去了纽约。再后来我就留在弗吉尼亚州上学了。我还记得，我不记得了，那是哪年发生的事呢？只有这些零星的片段时不时地会涌上我的脑海，我能够用精确的话语把它们描绘出来。也只有那首歌曲，尽管我后来再也没听到过，可我依然记得它的旋律。天啊这么高，海呀那么深。

这个故事太古老了，太遥远了，也太不可思议了。可是玛莉亚娜存在过，吉姆存在过，尽管在后来这些年里我一直抗拒着不敢面对，可他们确实存在过。我永远也不知道玛莉亚娜是不是真的自杀了。我再也没见过罗萨莱斯，也没见过我在那个时期认识的任何人。他们把学校关了，把玛莉亚娜住的楼房拆了，把我家的房子也拆了，把罗马区改造了。那座城市完了。那个国家完了。关于那个时期墨西哥的全部记忆都不复存在了。然而没人在乎这一点：谁会怀念那样一段可怕的岁月呢？一切都过去了，就像唱片机里转动的唱片一样。我永远都不会知道玛莉亚娜是否还活着。如果她活到了今天的话，应该已经有八十岁了。

耶利哥城

H沿着秋意盎然的小径前进。正值正午，烈日灼人，云层时而聚拢，时而又飘散开去。他在森林里找到了一处阳光照射不到的空地，他抬头望了望天，然后在那块清凉的地面上躺了下来，他点了根烟，听着风在枝叶间穿行的呼啸声。

没有什么东西来打破这种宁静，天地万物井然有序。H目光下移，发现一队蚂蚁正在落叶之间游走，它们在搬运一只蜘蛛的尸体。还有一些在搬运食物残渣、叶片碎屑或细小的种子，它们靠近另一波蚂蚁，互相触碰触须，就像是在传递命令或交换情报。在那座地下城市的入口处，大部分蚂蚁在推动细小的沙粒,想要建造起一座壁垒来。

蚂蚁的这种努力、团结、精力和纪律性让H钦佩不已。也许这些奴隶在很久很久以前就开始了它们的旅程，又也许那段旅程才刚刚开始，可无论怎样，这些蚂蚁都不会想要对他造成哪怕一丁点伤害。不过 H 抵挡不住那种诱惑，他捏起一只蚂蚁，用指头碾碎了它。然后，他又用烟头烧得其他蚂蚁四散溃逃。

蚂蚁们扔下了它们的囚徒，队形也乱了。H 烤炙那些想要藏起来的蚂蚁。消灭毫无抵抗之力的对手是一种隐秘的快乐。H 变得无所不能了起来。一整个村庄就在这种破坏欲的驱动下被摧毁了。

等到地面上已经不再有活着的蚂蚁时，H 便开始挖掘那些隐藏在地下的房间、客厅、讲堂、酒窖和囚室。可是翻动已经松弛的土地只是在做无用功：那座地下城市的大街小巷早就不复存在了，H 永远也无法亵渎蚂蚁们最神圣的领地。在站起身子前，他把周围的干草堆了起来，在废墟之上又点了把火。空气中弥漫着一股奇怪的味道。

半小时后 H 爬上了可以俯瞰首都的大山。他走到陡峭的悬崖边，立刻就看到了恐惧、混乱、吞噬整座城市的火焰和被遗弃的房屋，致命的气体弥漫在所有角落，与此同时，蘑菇状的烟雾和瓦砾碎片随风盘旋而上，朝着高悬在空中的正午烈日袭去。

远风

骚动的夜晚，只有流动游乐场还保持着宁静。茅屋的一端，一个大汗淋漓的男人抽着烟，盯着镜子，看着镜中烟雾弥漫。灯灭了。空气仿佛凝滞了。男人走到水族箱前，划亮火柴，借着火光望向卧在水中的乌龟。他想到了把他和它分隔开的光阴，也想到了那些被远风卷走的日子。

阿德里亚娜和我在村中闲逛。我们在广场上遇见了那个流动游乐场。我们坐了摩天轮、碰碰车和旋转飞椅。我射中了小铅人，做了泥塑手工，忍受了电击游戏，还从一只训练有素的金丝雀那里拿到了预言我未来命运的红纸。

我们在那个周日的夜晚遇见了这片让我们体验到幸福的地方；换句话说，这里让我们暂时将过去和将来抛在了脑后。我拒绝进入一个摆满镜

子的房屋,这时阿德里亚娜看到游乐场的边缘有间透着悲伤气息的荒凉茅屋。我们走到它跟前时,站在门前的那个男人说道:

"请进,贵客们。来听听'丛林之母'的故事吧,她是个不幸的小姑娘,由于不听长辈的话,也不在周末去望弥撒,被上帝降罪变成了乌龟。来看看'丛林之母'吧。诸位可以听她亲口讲述自己的悲惨故事。"

我们走进茅屋。"丛林之母"就在一个被灯光照亮的水族箱里,她长着小女孩的脸,却有具乌龟的身躯。阿德里亚娜和我感到羞愧,因为我们置身于她的面前,以羞辱这个男人以及极有可能是他女儿的这个小姑娘为乐。讲完故事,"丛林之母"透过水族箱望向我们,她的表情像极了倒在猎人脚下鲜血淋漓的动物。

"太可怕了,太糟糕了。"我们走出茅屋时阿德里亚娜这样说道。

"每个人都要尽己所能去谋生。还有很多比这更糟糕的事呢。你听我说,那个男人会模仿其他人说话,而那个小姑娘其实是跪在水族箱后面的。

他们借助光影效果让你相信她长了具乌龟的身子。这就跟变魔术一样好理解。你要是不信的话,我可以带你去搞清楚他们耍的是什么把戏。"

我们返回茅屋,我在隔板中间寻觅着凹槽。过了一分钟,阿德里亚娜乞求我带她离开那里。不久之后我俩就分手了。后来我们还见过几次,但从来没谈起过在游乐场中度过的那个周日。

乌龟的眼中噙着泪水。那个男人把它从水族箱里抱了出来,放在地上。乌龟脱掉了小女孩头套。它真正的嘴巴说着些无法在水外听到的深沉话语。男人跪了下来,把它搂入怀中,抱到胸口,他亲吻它,在它那潮湿的硬壳上哭泣。没人会理解他对它的爱,也没人会理解把他和它分隔开来的那种无尽的孤独。他们就那样静静地相拥了几分钟。后来,他又给它戴上了那个塑料头套,再次把它放到水中淤泥之上,他控制住抽泣的冲动,又走到门外,再次售卖起了门票。水族箱被照亮了。泡沫升起,乌龟的故事在继续。

译后记

　　我在今天的课上给学生们讲解了 2021 年西班牙语专业四级考试的动词变位题，那段文字选自加西亚·马尔克斯的回忆录《活着为了讲述》，是青年作者和母亲回到故乡售卖老宅的桥段。我说："故乡和老宅承载着马尔克斯的童年记忆，不过是种经过了人为美化的童年记忆，他回到那里，发现一切都变了，他的精神支柱崩塌了，于是他决定用文字来创造一个新的世界，以对抗毁掉他的故乡的上帝。"讲到这里，我突然想到了自己去年翻译过的一位墨西哥作家，他是墨西哥国宝级诗人，却也创作出了多篇精彩的小说作品，这些小说同样大多源自对童年和少年时期经历的记忆，他借它们批判性地刻画出了二十世纪五十年代墨西哥的社会风貌，这位作家就是 2009 年塞万提斯文学奖得主何塞·埃米利奥·帕切科。

1947年的某个早晨，八岁的帕切科在墨西哥城观看了一场改编自《堂吉诃德》的音乐剧，坐在台下的他想到了那本原著，他发现文字一旦到了懂得如何使用它的人手里，就能起到和舞台上的音乐、五颜六色的服装、演员们忽明忽暗的面孔同样的震撼效果。也许从那一刻起，他就注定要成为作家，成为名垂拉丁美洲文学史的一代文豪。在2009年接受同胞、后在2013年同样获得塞万提斯文学奖的作家埃莱娜·波尼亚托夫斯卡访谈时，帕切科表示："我很清楚自己的野心，它很疯狂，就像想要成名或是获得权势一样疯狂，那就是写出好作品来。"

回到开头的话题上去。尽管童年经历在二人的文学生涯中都起到了根本性的作用，可何塞·埃米利奥·帕切科和加西亚·马尔克斯对待童年的态度却不尽相同，正如作家本人所言："我的文字里没有乡愁，因为所谓乡愁就是把往事进行迪士尼化加工而成的产物，可我总习惯带着批评的目光回首过去，所以我的文字里存在的只有记忆而已。"如果说故乡阿拉卡塔卡对马尔克斯而言是假想出的乌托邦的话，五十年代的墨西哥城留给帕切科的则更多是苦涩的味道。

"我认识帕切科五十年了，我确定他那和善谦逊的态度都是真的。从灵魂深处来看，他无疑是个'好孩子'。"波尼亚托夫斯卡如是说。不知是否是受到内心深处的"好孩子"灵魂的感召，帕切科的小说世界里总是不乏孩童主人公的身影，可是这些单纯善良的孩童又往往会被污浊的世界拖垮，天真也好，童稚也罢，总会在故事结尾处化作哀怨与惆怅，这本小说集中的《快乐法则》是一例，《沙漠中的战斗》又是一例。

那么就来聊聊《沙漠中的战斗》吧。

《沙漠中的战斗》是以诗歌闻名的帕切科最负盛名的小说作品，这篇短小说讲述的是生活在罗马区的少年卡洛斯爱上自己最好朋友的母亲的故事，它入木三分地描绘了懵懂少年情窦初开，却最终被世俗拖垮的过程，也深刻地反映了那个年代墨西哥社会的权力构成及其经历的种种变革。此外，帕切科还在这个故事里成功塑造了玛莉亚娜这一女性角色，她虽然是被传统伦理道德所不容的"情妇"，可却是整篇故事中唯一真正理解卡洛斯并为他的成长着想的人，然而在故事结尾处，她却就那样"消失"了，仿佛从未在墨西哥的土地上生活过一般，玛莉亚娜的经历也是那个年代拉美女性社会地位低下的缩影。

帕切科曾经表示："卡洛斯就是我，因为作家能够使用的最大资源就是他的人生经历和回忆。不过那个故事并不带有自传性质，故事背景是其中唯一真实的东西。我很想拥有卡洛斯那样难忘的少年经历，但可惜我没有，那个年纪的我从未经历过这么不寻常的事情。"如今，这个"不寻常"的故事早已成为墨西哥各年龄段学生的文学必读篇目，还被改编成了电影、漫画、歌曲、戏剧……不过这种成功并没有冲昏帕切科的头脑，2011年，在墨西哥学院接受阿尔丰索·雷耶斯奖时，帕切科指出:《沙漠中的战斗》已经不再属于他了，那些文字属于所有读者，尤其是女性读者。"我又怎么会因为某个不属于我的东西而感到自豪呢？"

如今大获成功的《沙漠中的战斗》最早并没

有以单行本的形式出版，而是于1980年6月7日被作者发表在了《"一加一"报》文化副刊《周六》第135期上。彼时，帕切科与埃拉出版社已经合作了二十个年头，为了纪念，出版社想让他写一本书出来，在当年出版。那时帕切科刚刚写完《沙漠中的战斗》，可是他对出版社说这个故事篇幅太短，得等他再写出两到三篇同样篇幅的故事才能结集出版。恰好在几乎同一时间，《周六》副刊也向帕切科约稿，可这时后者又觉得那篇故事太长，不适合发表在杂志上。"它会把你们的版面占满的。""我们不在乎。"于是《沙漠中的战斗》就先在杂志上被刊登了出来，与此同时埃拉出版社的编辑纽斯·埃斯普雷萨特也读完了整篇故事，她强烈建议帕切科立刻把它以单行本的形式进行出版。她最终说服了他，于是《沙漠中的战斗》的单行本就在次年四月问世了。"我太幸运了，"帕切科后来说道，"要是我真的等着写成几篇同样篇幅的故事后再把它发表出来的话，我八成会把它搞丢。"

从那时起，这个故事就成了墨西哥人，尤其

是墨西哥年轻人最钟爱的读物之一,虽然它讲述的是发生在二十世纪五十年代的故事,可似乎它对每一代墨西哥年轻人都有独特的吸引力。"你问我是怎么能在1980年就想到2010年的年轻人也爱读这个故事的?我想秘诀就是:永远不要为了追求成功而去写作。我甚至搞不清楚八十年代的流行文学是什么样的,如果怀着功利心去创作的话,这个故事必定不会取得这样的成绩。"帕切科并没有真正阐明这个故事成功的秘诀是什么,也许那个秘诀就是:无论时代如何变化,人的成长经历总是相似的,人们总能在故事中的人物身上看到自己的影子。就像格雷厄姆·格林说的那样:"唯一真正不可能的爱情是孩童或老人的爱情,因为没有任何希望存在于其中。"而正是在读到这句话后,帕切科生出了创作那样一篇故事的想法。

就在《沙漠中的战斗》单行本出版的1981年,作者的好友何塞·埃斯特拉达表示希望把它改编成电影,但帕切科对此抱着谨慎的态度,他认为电影拍不成,因为那个故事涉及到权力、腐败等政治问题。然而充满热情的何塞始终没有放弃，终于，在五六年之后的某个周四，他给帕切科打去电话，说一切都搞定了，下个周一电影就要开拍了。可是到了周六，帕切科又接到一通电话，人们通知他何塞·埃斯特拉达去世了，死因是心脏骤停。后来，电影换了导演，那个本就悲伤的故事变得更加悲伤了。

2020年10月，上海明室的赵磊编辑联系到我，询问我是否愿意翻译帕切科的小说集。当时我正在翻译巴尔加斯·略萨的《加西亚·马尔克斯：弑神者的历史》，在和那部长达40万字的文学评论作品进行拉锯战的过程中，我迫切需要翻译一部虚构文学作品来进行调节。于是我读了《沙漠中的战斗》，那是我第一次读帕切科的文字，立刻被这篇短篇小说打动了。在和略萨汹涌澎湃的思辨文字缠斗许久之后，我认为自己应该暂时转向帕切科那涓涓细流般的诗意语句上去，而且说来奇怪，我虽然已经译了好几本书，却还从未翻译过西语文学大国墨西哥的作家和作品。凡此种种驱使我接受了挑战。

面对《沙漠中的战斗》的成功，帕切科曾有

些无奈地表示:"这有点可怕,似乎我其他的作品都被这个故事抹掉了,现在人们提到我时只会说我是《沙漠中的战斗》的作者……"也许正是为了最大程度地保存帕切科小说作品的全貌,上海明室希望推出一部包含多篇短篇小说在内的帕切科小说集。说到这里,我必须要感谢明室和赵磊编辑的信任,他们给予了我自主选择这本小说集篇目的权利,收入这个集子里的小说是我从《沙漠中的战斗》《快乐法则》和《远风》这三部短篇小说集中挑选出的,也因此难免挟带了我个人的审美情趣,如有遗珠,罪责应该在我这位译者身上。

作为墨西哥文学的代表性作品之一,《沙漠中的战斗》早已有了英语、法语、德语、意大利语、俄语、日语、希腊语等众多语种的译本,不过中译本"虽迟但到"。上文已经提到,帕切科曾说《沙漠中的战斗》已经不再属于他了,它属于所有读者,如今它也(终于)属于中文读者了。

侯健
2021 年 8 月 31 日,西安

图书在版编目（CIP）数据

沙漠中的战斗：何塞·埃米利奥·帕切科短篇小说集 /（墨）何塞·埃米利奥·帕切科著；侯健译. -- 北京：北京联合出版公司，2022.10
ISBN 978-7-5596-6436-5

Ⅰ.①沙… Ⅱ.①何… ②侯… Ⅲ.①短篇小说—小说集—墨西哥—现代 Ⅳ.① I731.45

中国版本图书馆 CIP 数据核字（2022）第 143876 号

北京市版权局著作权合同登记号 图字：01-2022-4658 号

沙漠中的战斗：何塞·埃米利奥·帕切科短篇小说集

作　　者：［墨］何塞·埃米利奥·帕切科
译　　者：侯　健
出 品 人：赵红仕
策划机构：明　室
策划编辑：赵　磊
特约编辑：赵　磊
责任编辑：孙志文
装帧设计：山川制本 workshop

北京联合出版公司出版
（北京市西城区德外大街 83 号楼 9 层　100088）
北京联合天畅文化传播公司发行
北京市十月印刷有限公司印刷　新华书店经销
字数 100 千字　787 毫米 ×1092 毫米　1/32　7 印张
2022 年 10 月第 1 版　2022 年 10 月第 1 次印刷
ISBN 978-7-5596-6436-5
定价：58.00 元

版权所有，侵权必究
未经许可，不得以任何方式复制或抄袭本书部分或全部内容
本书若有质量问题，请与本公司图书销售中心联系调换。
电话：（010）64258472-800

'El parque hondo' 'Tarde de agosto' 'La cautiva' 'Aqueronte'
'No entenderás' 'Jericó' and 'Algo en la oscuridad'
from EL VIENTO DISTANTE；
'El principio de placer' from EL PRINCIPIO DE PLACER；
LAS BATALLAS EN EL DESIERTO；
Copyright © 1963，1972，1981 by José Emilio Pacheco
and Heirs of José Emilio Pacheco
Published by agreement with Cristina Romo Hernández
through Agencia Literaria Carmen Balcells
Simplified Chinese edition copyright
© 2022 by Shanghai Lucidabooks Co., Ltd.
All rights reserved